Sugars Gabe

Das Buch

Michel Faber erreichten nach dem überwältigenden Erfolg seines Romans *Das karmesinrote Blütenblatt* zahlreiche Briefe und E-Mails. Seine Leser baten ihn zu erzählen, was aus der eigenwilligen und liebenswerten Prostituierten Sugar geworden sei, die ein so ungewöhnliches Schicksal hatte. *Sugars Gabe* bringt nun die viktorianische Zeit und Fabers Figuren zurück: nicht nur Sugar, auch ihren wehleidigen Geliebten William Rackham, den Müßiggänger Bodley mit seinem ausschweifenden Lebensstil, die gutherzige und fromme Emmeline und den kleinen Christopher, der als Hilfe im Bordell arbeitet.

»Faber schaut mit dem Blick des modernen Beziehungsneurotikers auf die Sekrete und Flecken seelischer Verkommenheit.« *Spiegel*

Die Autorin

Der in Holland geborene Michel Faber wuchs in Australien auf und lebt heute mit seiner Frau und zwei Söhnen in den schottischen Highlands. Seine Erzählungen wurden mit zahlreichen Literaturpreisen bedacht, *Das karmesinrote Blütenblatt* schließlich wurde ein großer internationaler Erfolg.

In unserem Hause sind von Michel Faber bereits erschienen:

Das karmesinrote Blütenblatt
Hundertneunundneunzig Stufen

Michel Faber

Sugars Gabe

Geschichten rund um
Das karmesinrote Blütenblatt

Aus dem Englischen von Eike Schönfeld

List Taschenbuch

Besuchen Sie uns im Internet:
www.list-taschenbuch.de

Ungekürzte Ausgabe im List Taschenbuch
List ist ein Verlag der Ullstein Buchverlage GmbH, Berlin
1. Auflage Januar 2008

Titel der englischen Originalausgabe:
The Apple. New Crimson Petal Stories
(Canongate Books Ltd., Edinburgh)
Umschlaggestaltung und Konzeption: RME Roland Eschlbeck und Kornelia Rumberg (unter Verwendung einer Vorlage von Rudolf Linn, Köln und Hauptmann & Kompanie Werbeagentur München – Zürich (Tapete))
Satz: LVD GmbH, Berlin
Gesetzt aus der Palatino
Papier: Munkenprint von Arctic Paper Munkedals AB, Schweden
Druck und Bindearbeiten: Clausen & Bosse, Leck
Printed in Germany
ISBN 978-3-548-60772-6

»Weihnachten in der Silver Street« habe ich im Dezember 2002 geschrieben, diese Geschichte wurde zuerst im Glasgower *Sunday Herald* veröffentlicht.

»Schokoladenherzen aus der Neuen Welt« habe ich im Januar 2003 verfasst, sie erschien zuerst als limitierte Edition bei Harcourt Brace.

Alle anderen Geschichten habe ich im Jahr 2005 geschrieben.

Mein Dank gilt, wie immer, Eva.

Inhalt

Vorwort … 9

Weihnachten in der Silver Street … 19

Clara und der Rattenmann … 33

Schokoladenherzen aus der Neuen Welt … 65

Die Fliege und ihre Wirkung auf Mr. Bodley … 79

Der Apfel … 93

Medizin … 107

Eine mächtige Horde Frauen mit sehr großen Hüten, vorrückend … 129

Vorwort

Manche lesen das Vorwort nie oder erst, wenn sie das Buch zu Ende gelesen haben, weil die Einleitung ja die Geschichte verderben könnte. Andere wiederum legen so wenig Wert auf Spannung oder fürchten böse Überraschungen so sehr, dass sie bei einem Buch gleich die letzte Seite aufschlagen, um nachzusehen, wie es ausgeht. Ich kann nur vermuten, dass das sehr wenige Leser meines Romans *Das karmesinrote Blütenblatt* getan haben, weil mir so viele mitteilten, wie schmerzlich berührt sie waren, als sie dort ankamen.

Das karmesinrote Blütenblatt war und ist eine 1053 Seiten lange Geschichte, die im London der 1870er Jahre spielt. Sie zeichnet die Entwicklung einer jungen Frau namens Sugar nach, einer Prostituierten, die sich danach sehnt, dem Einfluss ihrer schlimmen Mutter zu entkommen. Am Ende des Buchs arbeitet sie als Kindermädchen und hat eine enge Bindung zu einem kleinen Mädchen namens Sophie geknüpft. Es gibt allen Grund zu der Hoffnung, dass Sugar, sosehr sie zweifellos von ihrer Vergangenheit beschädigt ist, den Kreislauf des Missbrauchs nicht fortsetzen wird. Doch Hoffen ist nicht gleich Wissen. Ganz am Ende müssen Sugar und Sophie auf die Straße. Was dann geschieht, bleibt im Dunkeln.

Vor ein paar Tagen zog ich den Pappkarton hervor, in dem ich die Briefe meiner Leser aufbewahre. Die zum *Blütenblatt* las ich noch einmal. Die meisten waren äußerst freundlich und begeistert; etliche waren von Menschen, die schon seit Jahrzehnten lasen und noch nie einem Autor geschrieben hatten.

Hier nun einiges von dem, was ich gefunden habe:

> Seit meiner Kindheit in Cape Bruton, Nova Scotia, lese ich gern. Es gibt einige Bücher, die erhellen, warum das so ist, und einen daran erinnern, wie dankbar wir denjenigen sein sollten, die schreiben. *Das karmesinrote Blütenblatt* hat mich als eine wundervolle Flucht in eine andere Zeit so tief bewegt und mich so viel gelehrt ... ich wünschte, ich könnte klarer formulieren, was für Gedanken und Gefühle Ihr Werk in mir ausgelöst hat. Danke für Ihr Geschenk.

Diese Dame war insofern eine Ausnahme, als sie nicht erzählt haben wollte, was nach dem Ende des Romans geschah. Die meisten, die mir schrieben, waren nicht so gelassen. Nicht wenige bezeichneten sich als »schockiert« oder »verzweifelt«. Eine Dame aus New York begann ihren Brief so:

> Wie können Sie es wagen, Sir? Welch ein Schluss!

Ein Mann aus Arnheim in den Niederlanden nahm mit seinem Vorschlag meine Haltung vorweg:

> Es ist durchaus klar, warum die Geschichte da endet, wo sie endet. Das haben Sie deutlich gemacht. ... Dennoch möchte ich um eine Fortsetzung bitten, und zwar aus den folgenden Gründen:
> Ich habe Sugar, Ihre und meine Heldin, lieb gewonnen. In meinem wirklichen Leben hat es eine Reihe unvermittelter und unwiderruflicher Abschiede gegeben, die nachhaltige Schmerzen und Schuldgefühle hinterlassen haben. Warum lassen Sie mich noch mehr leiden?

Ein anderer versicherte mir:

> Ich hätte locker weitere 1000 Seiten lesen können. Ich flehe Sie also an: Bitte, bitte, *bitte,* BITTE lassen Sie eine Fortsetzung folgen.

Wieder ein anderer – der Autor eines harten, ruppigen zeitgenössischen schottischen Romans – machte sich rührende Gedanken über die kleine Sophie:

> Den Schluss betreffend: Sie schreiben doch eine Fortsetzung, oder? Sophie wächst zu einer Frau heran, die ihrer Zeit voraus ist und vielleicht selbst Schriftstellerin wird?

Ein junger Mann aus Texas – auch er zufälligerweise Autor eines veröffentlichten Romans – zeigte sich beträchtlich ambivalent meinem Buch gegenüber:

> *Das karmesinrote Blütenblatt* ist das bei weitem frus-

trierendste, aufreizendste Meisterwerk, das ich in meinem ganzen Leben durchgeackert habe. … Wie können Sie es wagen, das Buch zu beenden, ohne dass wir wissen, was mit Agnes geschieht! Und wo hat Sugar Sophie überhaupt hingebracht? Romane sollen nicht einfach so aufhören! Romane sind nicht wie das wirkliche Leben. Romane sollen einen befriedigenden, klaren Schluss haben.

Versöhnlicher war die Dame aus Bournemouth, Dorset, die für eine Gruppe »begeisterter Leserinnen im reiferen Alter« sprach. Auf ihrer mit Kätzchen verzierten Postkarte stand:

Ganz herzlichen Dank. Doch wohin sind Sugar und Sophie gegangen? Nach Australien? Neuseeland? Wieder in den Norden? Bitte – falls *Sie* es wissen – geben Sie uns Hinweise. Wir machen uns um Sophie Sorgen!!

Eine Fünfundsechzigjährige aus Quebec bekam das Buch zu Weihnachten und hatte anfangs Zweifel:

Ich hatte noch nie von Ihnen gehört und fragte mich angesichts von 1053 Seiten, ob ich wohl den Mut und auch die *physische* Kraft haben würde, das Buch auf dem Schoß zu halten! Ich ging damit nach Hause und las die erste Zeile. Mehr war nicht nötig. … Bevor ich diesen Brief beende, sagen Sie mir bitte noch: Wo ist Sugar hingegangen????? Hat sie das Kind wirklich zu ihrer Mutter gebracht???? Was ist mit ihnen geschehen? Sie müssen eine Fortsetzung schreiben.

Eine Frau aus Aurora, Colorado, gestand, sie habe zwei Nächte nicht geschlafen und sich krankschreiben lassen, um den Roman in einer einzigen Marathonsitzung durchzulesen:

> Ich werde einfach nicht schlafen können, bis ich das abgeschickt habe. Vor ungefähr fünf Minuten habe ich Ihr Werk *Das karmesinrote Blütenblatt* ausgelesen. Ich hätte auch fünf Minuten früher geschrieben, aber ich war von Ihrem Schluss wie gelähmt ...

Eine Dame in Michigan ging das Buch etwas gemächlicher an:

> Zwei Wochen lang war ich von *Das karmesinrote Blütenblatt* verzaubert und unterbrach die Lektüre nur kurz, um etwas zu essen, oder gelegentlich einmal für eine Partie Tennis oder Bridge. Und ich dachte, ich könnte mit historischen Romanen nichts anfangen. Nachdem ich um ein Uhr morgens damit fertig war, grübelte ich den Rest der Nacht darüber nach, was wohl mit Sugar, Agnes und William, dem Schuft, geschehen ist. Sie können mich nicht so hängen lassen; bitte machen Sie bekannt, was aus ihnen geworden ist.

Ein Firmenanwalt schrieb:

> Ich möchte Sie bitten, einen Disput hinsichtlich der Interpretation des Endes Ihres Buches zu schlichten. Ich bin Mitglied eines rein männlichen Lesekreises. ... Alle außer mir fanden, das Ende bedeute, dass Sugar Sophie zu Agnes brachte und sie dann glücklich bis an ihr Ende lebten.

Mich berührte die Freundlichkeit eines Mannes aus New York:

> Gerade eben – in dieser Sekunde – habe ich mich verabschiedet und wusste, es musste sein. Die ganze Woche musste ich mich kneifen, um mich daran zu erinnern, dass meine neuen Freunde nicht für immer blieben – sondern nur bis zum Ende der Woche oder vielleicht ein wenig länger. Jetzt sind sie weg – in höheren Sphären, wie ich hoffe.

Besonders eindrücklich waren die folgenden handschriftlichen Worte eines Herrn aus Lancashire:

> Einige Tage vor Weihnachten lag ich im Halbschlaf, und als Erstes kam mir in den Sinn, was ich Miss Sophie, Sugar und Mrs. Fox wohl zu Weihnachten schenken könnte. Dann fiel mir plötzlich ein, wer sie wirklich waren.

Viele weitere Leser setzten sich mit mir in Verbindung. Akademiker, Frauen auf Sozialhilfe, Historiker, Kämpfer für soziale Gerechtigkeit. Ich korrespondierte sogar mit einigen Prostituierten, die erklärten, sie *seien* Sugar, und meine Fähigkeit, ihre Gedanken zu ergründen, wenn sie mit ihren Kunden zusammen seien, sei ihnen unheimlich gewesen. Alles in allem hatte mein Roman eine außergewöhnliche Vielfalt von Menschen stark beeindruckt. Ich antwortete nicht so vielen, wie ich es gern getan hätte, weil ich es leid wurde zu erklären, dass es keine Fortsetzung geben werde. Sugar sei ihr ganzes Leben eine Privatsphäre verweigert worden, sagte ich, und am Ende des Romans habe sie sich das Recht verdient, ihren eigenen Weg in die Welt zu gehen, unbeobachtet von uns. Und ob es nicht schön sei, nach der Lektüre eines Buches dazu aufgefordert zu sein, was die Viktorianer zwischen den Folgen ihrer Fortsetzungsromane tun mussten: das, was als Nächstes geschieht, in der Phantasie zu gestalten? Wie auch immer, das Ende des *Blütenblatts* kommt nicht so plötzlich, wie es zunächst den Anschein hat. Wenn Sie die letzten Kapitel noch einmal lesen, werden Sie sehen, dass das Abschiednehmen schon beginnt, der Vorhang langsam fällt, jeder Hauptfigur nach und nach ihr narratives Lebewohl gesagt wird. Ja, ihre Zukunft ist ungewiss. Aber das ist bei uns allen so. Nur der Tod beendet die Geschichte, und Sugar und Sophie leben ja noch. Eine Fortsetzung würde ihnen dieses Leben nehmen.

Und nun, 2006, komme ich mit einer Sammlung *Blütenblätter*-Geschichten. Habe ich meine Meinung über Fortsetzungen doch noch geändert?

Nein. Es ist ein Erzählband mit Figuren, die auch schon in *Das karmesinrote Blütenblatt* aufgetreten sind. Man muss dieses Buch nicht gelesen haben, um das vorliegende zu verstehen. Die Erzählungen sind das, was Erzählungen sein sollten, kleine eigenständige Welten.

Auch bieten sie viel weiter reichende Zeitreisen als *Das karmesinrote Blütenblatt*. Manche Figuren sind in diesen neuen Erzählungen sehr viel jünger als im Roman, andere sehr viel älter. In einer Erzählung erinnert sich der Sohn einer Figur aus dem *Blütenblatt* in den 1990er Jahren an die Edwardianische Zeit – ein Hinweis darauf, wie wenige Lebensspannen es braucht, uns mit fernen Jahrhunderten zu verbinden. Dabei bleiben die wesentlichen Rätsel des *Blütenblatts* (Was geschah mit Sugar? Wohin ging sie mit Sophie?) bestehen.

Zwangsläufig jedoch bieten die drei Erzählungen, die später als das *Blütenblatt* spielen – »Clara und der Rattenmann«, »Medizin« und »Eine mächtige Horde Frauen mit sehr großen Hüten, vorrückend« –, kleine Ausblicke in eine Zukunft, die sich von den Szenarien, die sich manche Leser ausmalten, wohl unterscheiden. Diejenigen beispielsweise, die überzeugt waren, Sugar müsse unmittelbar nach dem Ende des Romans verhaftet worden sein, werden einsehen, dass, soweit es sich aus diesen neuen Erzählungen schließen lässt, eine solche Verhaftung nicht erfolgt ist. Dennoch sind wir sehr weit entfernt davon zu wissen, »was geschah«. Die Erzählungen liefern kein Ende, sondern einen Anfang. Oder wenn schon ein Ende, dann ein instinktives, emotionales.

Das aber braucht die Leser, denen die Geschichte dieser Figuren unbekannt ist, nicht zu kümmern. Die hier versammelten Erzählungen sind abgeschlossene Geschichten, und selbst wenn es das *Blütenblatt* nie gegeben hätte, hätte ich sie dennoch gern geschrieben. »Eine mächtige Horde ...« schenkte mir so viel Befriedigung wie meine besten Romane. Für mich *ist* die Erzählung sogar ein Roman; sie hat die Weite und thematische Breite eines Romans. Sie kommt lediglich mit weniger Worten aus.

Doch warum diese Figuren und nicht andere? Warum dies schmale Bändchen und nicht mehr? Weil dies die Geschichten waren, die aufgeschrieben werden wollten. Es gab noch andere Figuren, auf die ich neugierig war, Figuren, mit denen ich gern mehr Zeit verbracht hätte. Sie hatten sich entfernt, waren in der Geschichte verschwunden. Ich musste sie ziehen lassen. Ich bedaure nur, dass es mir nicht gelungen ist, eine Erzählung über Henry Rackham zu schreiben, ein anständiger Mann, der so viel mehr verdiente, als er im *Blütenblatt* bekam. Ich bot ihm die Gelegenheit, noch einmal zu leben, als jüngerer Mensch, gar als Kind; ich drängte ihn, die Gelegenheit zu ergreifen, das zu sagen, wofür er beim ersten Mal zu schüchtern war. Er blieb zu schüchtern.

So etwas muss man respektieren.

Das ist also alles. Ich kann verstehen, warum manche Leser vielleicht dennoch mehr darüber wissen möchten, was aus Sugar geworden ist. Wenn ich mir meine angehäufte Korrespondenz wieder ansehe, würde ich auch gern wissen, was aus manchen der Leser geworden ist, die sich die Mühe gemacht haben, mir zu schreiben. Der Mann, der Krebs hatte und das *Blütenblatt* im Krankenhaus las: Lebt er noch? Die Prostituierte, die sagte, sie steige aus und wolle sich weiterbilden: Hat sie es getan? Und so weiter. Doch das werde ich wohl nie erfahren.

Aber ich dachte ja auch, ich würde die Dinge in diesen Erzählungen nie erfahren. Und jetzt kenne ich sie.

Michel Faber, 2006

Weihnachten in der Silver Street

Schließen Sie die Augen. Vergessen Sie eine Weile lang die Zeit – gerade so lange, um sich von hundertdreißig Jahren überholen zu lassen. Es ist Dezember 1872. Flaumiger Schnee fällt auf jenen fragwürdigen Teil Londons zwischen Regent Street und Soho, ein Mischmasch aus Läden und Häusern, eingezwängt zwischen den Prachtalleen der Begüterten und dem schwärenden Gewirr der Armen. Willkommen in der Silver Street. Hier leben die Schirmmacher, die Schreiber, Klavierstimmer, erfolglosen Dramatiker, die Schneider und Prostituierten dicht an dicht, und alle gehen sie ihrem Gewerbe in immer schlechterem Wetter nach. Der Schnee lässt jeden und alles gleich aussehen, als hätte ein gütiger Gott eine dünne weiße Zuckergussschicht auf Dächer, Straßenstände, Kutschen und die Köpfe von Bettlern aufgetragen. Unter solch einer hübschen Decke sind Leid und Hinfälligkeit kaum zu erkennen.

An diesem kalten Dezembermorgen haben Sie ein Bordell, allseits bekannt als Castaway's, betreten und schauen oben in ein Schlafzimmer. Was haben Sie vor sich? Ein Mädchen namens Sugar. Sie ist siebzehn, und

Sie sehen, wie sie in einem Handspiegel ihre Zunge begutachtet.

Kennen Sie Sugar? Wenn Sie ein Mann sind, ist es gut möglich, dass Sie sie, im biblischen Sinn, erkannt haben. Sie ist Prostituierte, und zu dieser Zeit, in der Regentschaft Königin Viktorias, beträgt das Verhältnis von Prostituierten zur Gesamtbevölkerung 1 : 36 oder eine auf zwölf männliche Erwachsene.

Sind Sie eine ehrbare Frau, dann sollten Sie so tun, als hätten Sie von einer solchen Statistik nie gehört, und auf der Straße an Sugar vorbeieilen aus Angst, Ihr guter Ruf könnte Schaden nehmen. Aber vielleicht sind Sie gar nicht so ehrbar, denn Sie sind nicht vorübergegangen. Sie sind hier und sehen Sugar zu, wie sie in einem Bordell ihre Zunge begutachtet.

Seien Sie nicht über Sugars Alter schockiert. Mädchen werden mit zwölf Jahren ehemündig. In zwei Jahren sollen sie es erst mit dreizehn werden. Sugar ist in diesem Metier ein alter Hase.

Sie sitzt auf ihrem zerwühlten Bett und hält sich den Spiegel vors Gesicht. Ihre Zunge ist, wie ihr auffällt, in der Mitte grau, nicht hellrosa, wie es sein sollte. Die Nacht davor hat sie zu viel getrunken, und das ist der Beweis.

Die Nacht davor war Heiligabend, jetzt ist der Morgen danach. Der 25. Dezember, ein Tag wie jeder andere. Sugar hat die Lampen brennen, weil ihr Schlafzimmerfenster klein ist und die Sonne sich hinter dem grauen Schneetreiben verliert. Der Kamin spuckt und zischt; die Dielen knarren von selbst. Die altmodischen erotischen Drucke sind, wie stets, der einzige Wandschmuck; Mrs. Castaway ermuntert ihre Mädchen nicht, ihr Zimmer mit Stechpalmenzweigen zu verzieren.

Ehrlich gesagt ist keines der schäbigen georgianischen Häuser, die hinter der Silver Street durcheinanderstehen, besonders geeignet, um Anzeichen von Weihnachtsfestlichkeiten zu erkennen. Nur in der Pracht der Burlington Arcade kann das Schenken ausgiebig zelebriert werden, nur in den Villen der Ehrbaren können Märchen von der jungfräulichen Geburt bestehen.

Sugar wirft einen letzten Blick in ihren Mund. Wie seltsam, denkt sie, dass Rotwein eine rosa Zunge grau färben kann. Das Wunder der Perversität des Körpers.

Es klopft an die Tür, sie erschrickt. Zu dieser Tageszeit, das weiß sie, kann es kein Gast sein. Es muss der kleine Christopher sein, der das Bettzeug holen will.

»Ich komm die Laken holen«, sagt der Junge, als sie ihm die Tür öffnet. Er ist blond, blauäugig und sieht so unschuldig aus wie ein Schäferbursche aus einer Krippenszene. Nicht gerade in Lumpen gehüllt, auch wenn Hemd und Hose hier und da Nadel und Faden vertragen könnten. Doch Amy, seine Mutter, schwingt lieber andere Dinge. Ihre Spezialität ist es, erwachsene Männer zu verdreschen, bis sie um Gnade winseln.

Wie alt ist der kleine Christopher? Sugar weiß es nicht. Viel zu jung, um Kuli in einem Bordell zu sein, aber Amy hat ihm diese Arbeit zugewiesen, und er wirkt dankbar, dass er zu etwas gut ist. Vielleicht wird er, wenn er eine Million Bettlaken wäscht und trocknet, seine Erbsünde – geboren zu sein – schließlich verbüßt haben.

»Danke, Christopher«, sagt Sugar.

Er antwortet nichts, macht sich einfach nur daran,

die schmutzigen Laken zusammen- und auf einen Stapel zu legen, den er forttragen kann. Draußen auf der Straße erklingt eine sonore Stimme:

»Am ersten Weihnachtstage, da schickt' mein Liebchen mir
Ein Rebhuhn in 'nem Birnbaum …«

»Es ist also Weihnachten«, sagt der Junge und hebt den Wäschestapel an die Brust.

»Ja, Christopher.«

Er nickt, als bestätigte er etwas, was er in- und auswendig kennt, etwas, was er nur um der Konversation willen erwähnt hat. Das Kinn auf dem Haufen schmutziger Laken geht er zur Tür und will schon hinaus, aber dann dreht er sich noch einmal um und fragt:

»Was ist Weihnachten?«

Sugar blinzelt, einigermaßen verblüfft. »Das ist der Tag, an dem Jesus Christus geboren wurde«, antwortet sie.

»Das hab ich gewisst«, sagt der Junge.

Von draußen: *»Vier Colliehund', drei welsche Hühner, zwei Turteltauben und ein Rebhuhn in 'nem Birnbaum …«*

»Der ist in einer Krippe geboren«, setzt Sugar hinzu, um die Geschichte für ihn interessanter zu machen. »Ein großer Holztrog, aus dem Tiere fressen.«

Christopher nickt. Zurechtkommen und Armsein, so läuft die Welt, weiß er.

»… mein feins Liebchen schenkt mir fünf goldne Ring' …«

»Manche Leut'«, bemerkt der Junge, »machen an Weihnachten Geschenke. Für 'nander so.«

»Das tun sie, Christopher.«

Das Kind schüttelt den Kopf wie ein kleiner alter Mann, der verwirrt ist von der Sinnlosigkeit, jemandem einen Sixpence im Tausch gegen einen Sixpence zu geben. Er drückt die Laken an die Brust und verlässt das Zimmer, reckt dabei den Kopf zur Seite, damit er sich auf der Treppe nicht den Hals bricht.

»Sechs Gäns', die legen«, singt die Stimme draußen auf der Straße, *»fünf goldne Ring', vier Colliehund', drei welsche Hühner ...«*

Sugar schließt die Zimmertür; es hat hereingezogen. Sie wirft sich wieder auf das halb abgezogene Bett, gereizt, wünscht sich, der Tag sei schon vorbei, statt kaum erst begonnen zu haben. Die Kissenbezüge riechen nach Männerhaaröl und Branntwein; sie hätte sie mit der anderen Wäsche nach unten schicken sollen.

Der Weihnachtssänger auf der Straße vor Mrs. Castaway's ist offenbar unermüdlich. Der Schnee wirbelt weiter vom Himmel, die Fensterscheiben rappeln und knarren, aber noch immer tummeln sich diese verdammten Rebhühner und Turteltauben. Bestimmt werfen Passanten diesem plärrenden Ärgernis Münzen hin; Steine wären besser.

Nach einigen weiteren Minuten hält Sugar es nicht mehr aus. Sie springt auf, kleidet sich ordentlich an, ein Korsett, frische, warme Strümpfe, ein sittsames Kleid mit gestepptem Oberteil, dann ein schickes violettes Jäckchen. Sie bürstet sich die Haare und dreht sie zu einem festen Chignon, dann steckt sie eine anthrazitviolette Haube daran fest. So könnte sie eine elegante Witwe in Halbtrauer sein.

Als Sugar schließlich aus Mrs. Castaway's auf das schneebedeckte Pflaster der Silver Street tritt, fällt kein Schnee mehr, und der Weihnachtssänger hat sich verzogen.

Nicht alle Läden haben geöffnet, sieht Sugar. Eine

beunruhigende Entwicklung. Steuern wir auf eine Zukunft hin, in der an Weihnachten alles geschlossen hat? Gott behüte.

Dennoch haben genügend Geschäfte für ihre Zwecke geöffnet. Der Papierwarenladen hat ein reichhaltiges Angebot an Weihnachtskarten im Schaufenster, alles mit Lametta, Watteschnee und aus Stoffresten gebastelten Rotkehlchen geschmückt. Nach langem Überlegen entscheidet sich Sugar für eine Karte, die ein lustiges Kunststück macht, wenn man an einem Papierzipfel zieht – ein Engel, der mit den Flügeln schlägt. Solche schlauen Sachen machen sie heutzutage; die modernen Erzeugnisse werden offenbar immer raffinierter.

In einer Zuckerbäckerei ein paar Türen weiter erwägt sie ernsthaft, eine hübsch verpackte Schachtel Konfekt zu kaufen, fürchtet jedoch, die Mischung entspreche nicht ihrem Geschmack. Stattdessen lässt sie den Inhaber eine Papiertüte mit dunklen Schokoladenpralinen füllen, die mag sie am liebsten.

Im Vergleich dazu hält der Geflügelhändler eine leise Enttäuschung bereit. All die schönen, fleischigen Vögel, die, wie sie sich erinnert, noch vor wenigen Tagen bei ihm hingen – Hühner mit einer Rosette an der Brust, mächtige Truthähne mit komisch baumelndem Kopf, Scharen von Entchen –, sind jetzt fort, verschluckt von den Röhren der Reichen. Bestimmt erfüllen sie in diesem Augenblick die betriebsamen Küchen in den ehrbaren Häusern mit dem Geruch gebratenen Fleischs und würziger Füllung. Hier beim Geflügelhändler am Weihnachtsnachmittag sind nur noch ein paar magere Vögel übrig. Sugar sucht sich den besten aus, ein Huhn.

Auf der Straße verkaufen fliegende Händler, die Impulsiven und die Bettelarmen lockend, Spielzeug und Schnickschnack – Ballons, Papierwindmühlen, Mäuse aus süßem Teig. Sugar kauft bei einem lüstern schielenden Alten ein paar Mäuse, beißt einer den Kopf ab, kaut nachdenklich, spuckt ihn wieder aus.

Mit jedem Schritt ihrer hochwertigen schwarzen Stiefel dringt Sugar tiefer in das Gewirr ärmlicherer Straßen ein, das sich hinter der Durchgangsstraße verbirgt. Beim Karren eines Gemüsehändlers kauft sie Möhren und Kartoffeln und geht weiter, einen zunehmend schwereren Korb neben ihren Röcken schwingend. Je weiter sie sich von der Regent Street entfernt, desto mehr erscheint ihr der Überfluss des West End wie ein absurder Traum, der vor der Wirklichkeit des Elends zerplatzt.

Endlich findet sie eine Bäckerei, deren Warenangebot nicht aus ausgefallenen Kuchen und Pasteten, sondern aus reichlich billigem Brot besteht. Ihre Klientel sind die armen Teufel, die in den heruntergekommenen Fremdenheimen und Schuppen hier in der Gegend hausen. Eine Kundentraube – Gassenkinder, Straßenhändler, Irinnen – drängt sich im Eingang und reicht bis auf die Straße; dieser Bäcker backt nicht nur Brot, sondern kocht auch ganze Mahlzeiten für Familien, die keinen eigenen Herd haben. Garstunden gibt's für wenige Pennys, und für einen weiteren halben noch einen großzügigen Schlag von der speziellen Bratensoße aus des Bäckers eigener Herstellung dazu.

Sugar steht anderthalb Stunden bei dem Bäcker herum. Sie hätte auch nach Hause gehen und dort warten können, aber auf der Straße stehen, das kann sie gut. Eine

Weile nimmt sie bei einem Kerzenmacher Zuflucht, zeigt geheucheltes Interesse an gestohlener Ware. Als ihre Zehen wieder aufgetaut sind und der Kerzenmacher sie zunehmend plagt, zieht sie weiter. Drei Passanten wollen ihre Liebesdienste in Anspruch nehmen; sie lehnt ab.

Zur vereinbarten Zeit kehrt sie zu ihrem Weihnachtsmahl zurück. Der Bäcker grüßt sie mit zerstreutem Lächeln; sein brauner Bart ist mit weißem Mehl gepudert. Ah, ja, das Mädel mit dem Huhn, erinnert er sich.

Die Schüsseln und Schalen, in die das siedend heiße Essen gegeben worden ist, sind angeschlagen und fleckig, kaum geeignet für den Straßenstand eines Säufers, aber dennoch verlangt der Bäcker einen Shilling von Sugar, als Pfand, falls sie sie nicht mehr zurückbringt. Er sieht, dass sie so etwas noch nie gemacht hat; andere Kunden bringen ihre eigenen Töpfe und Schüsseln mit.

»Dass Sie mir auch morgen wiederkommen«, droht er. Sugar nickt, obwohl sie nicht die mindeste Absicht hat, dieses erbärmliche Geschirr zurückzubringen. Einen Shilling kann sie in zehn Minuten auf ihrem Bett verdienen.

»Frohe Weihnachten«, zwinkert sie und hängt sich ihren schwer beladenen Korb in die Armbeuge.

Als Sugar bei Mrs. Castaway's angekommen ist, hat das Essen einen Gutteil seiner Wärme verloren. Dieses Backofenmieten ist schließlich ein Dienst, der für die Arbeiterfamilien gedacht ist, die gleich beim Bäcker um die Ecke hungrig warten, nicht für Prostituierte aus der Silver Street. Bis Sugar dann auch noch Christopher ausfindig gemacht und auf ihr Zimmer bestellt sowie den

Korbinhalt schließlich vor dem erstaunten Jungen enthüllt hat, ist das Huhn kaum noch lauwarm. Gleichwohl verströmt es einen köstlichen Geruch, und das gegarte Gemüse blinkt in seinen saftigen Schüsseln. Es mag kein Festmahl sein, das von dampfumhüllten Dienern hereingetragen wird, aber für Mrs. Castaway's an einem verschneiten Nachmittag ist es eine exotische Überraschung.

Sugar schneidet ein Stück von der Hühnerbrust ab, ein weiteres vom Bein und legt beides mit ein paar Kartoffeln und Möhren auf einen frischen Teller. Dazu gibt sie einen großen Löffel von der Spezialfüllung des Bäckers und kratzt etwas Soße vom Schüsselboden.

»Hier«, sagt sie ruhig und reicht Christopher den Teller. »Frohe Weihnachten.«

Das Gesicht des Jungen ist unergründlich, als er das Essen von ihr entgegennimmt; fast ebenso gut könnte es ein Stapel Wäsche sein. Gleichwohl sitzt er auf einem Schemel und balanciert den Teller auf den Knien. Mit den Fingern führt er das Essen zum Mund.

Sugar isst mit ihm. Das Huhn hat ein feines Hammelaroma, was vermuten lässt, dass die beiden sehr unterschiedlichen Tiere während ihres Aufenthalts in dem Gemeinschaftsofen dicht beieinanderlagen. Trotzdem ist es gut.

»Ich hätte was zum Trinken mitbringen sollen«, murmelt sie. Am Bett steht eine halbe Flasche Wein, die von der letzten Nacht übrig geblieben ist; zu stark für ein Kind, das nur verdünntes Bier gewohnt ist.

»Ich brauch nix«, sagt Christopher und steckt sich eine weitere Röstkartoffel in den Mund.

»Hier hast du auch eine Karte«, sagt Sugar und zieht

sie hervor. Da sie sieht, dass seine Finger anderweitig beschäftigt und fettig sind, demonstriert sie ihm den Mechanismus der Flügel des Papierengels, indem sie an dem Zipfel zieht. Christopher lächelt breit. Sie kann sich nicht erinnern, ihn zuvor einmal lächeln gesehen zu haben.

Auf der Straße singt eine unmelodische Frauenstimme. Diesmal sind es nicht »Die zwölf Tage von Weihnachten«, nicht einmal ein Weihnachtslied. Vielmehr versucht diese wackere Frau, mittels ihrer beachtlichen Lungenkraft grölend, die Mauern und Fenster von Mrs. Castaway's zu durchdringen:

»Mein sündig Leben ist dahin,
Und's ist nun mit mir aus.
Werd' ich wohl Einlass finden
In Gottes himmlisch Haus?«

Christophers Lächeln wird breiter. Mit den tiefen Furchen in den Wangen, dem Funkeln in den Augen und dem dunklen Fettschmierer auf der Nase ist er kaum wiederzuerkennen.

»Schluck Wein?«, sagt Sugar und reicht ihm die Flasche. »Aber nicht zu viel, sonst wird deine Zunge grau.«

Christopher trinkt einen Schluck aus der Flasche. Seien Sie nicht schockiert: Er trinkt schon sein ganzes Leben starkes Zeug, und Wein ist sauberer als Wasser.

»Und wird das Tor sich öffnen
Für mich, die so gehasst,
Voll Schmutz war und beladen
Mit dieser Sündenlast.«

»Hier, eine Maus«, sagt Sugar und setzt eines der süßen Gebäcke vor ihn auf den Fußboden. »Sind nicht besonders gut. Kaum gut genug für Mäuse.«

Christopher knabbert, nachdem er sein Weihnachtsmahl weggeputzt hat, vorsichtig an der Süßigkeit.

»Is' doch ganz lecker«, verkündet er und beißt die Hälfte des Tiers ab.

Sugar ist erleichtert, dass er es mag; sie wollte ihm eigentlich etwas Schokolade schenken, aber ihre Gier war stärker, und sie hat sie ganz aufgegessen, während sie darauf wartete, dass das Essen fertig wurde. Die menschliche Großzügigkeit hat Grenzen, selbst an Weihnachten.

»Ich bin fertig«, sagt Christopher plötzlich. »Gib ma' die Kissenbezüge.«

Sugar schaut ihn eine Weile verständnislos an, zieht dann die Bezüge von ihren Kissen ab und reicht sie dem Jungen.

»Vergessen«, bemerkt er. Es wird nicht deutlich, wem er die Schuld für das Versehen gibt.

Etwas verlegen geht er zur Tür, zögert, huscht dann noch einmal zurück, um seine Engelkarte mit den beweglichen Flügeln zu holen.

»Ich bring sie zurück«, versichert er ihr.

Sugar möchte ihm so gern sagen, dass er das nicht muss und dass er Schokolade bekommen hätte, wenn sie nicht so ein gieriges, hartherziges Mädchen wäre, dass er einen ganzen Haufen richtiger Geschenke bekommen hätte, wenn seine Mutter nicht Amy gewesen wäre, dass er ein anständiges Zuhause und einen Vater und hübsche Anziehsachen und eine Schulbildung bekommen hätte, wenn die Welt nicht so ein gnadenloser und niederträchtiger Ort wäre. Sie stellt sich vor, wie sie ihn umarmt, ihn fest an den Busen drückt, seinen Kopf mit Küssen bestreut – all die ungeheuchelten Zuneigungsbezeigungen, von denen sie in Geschichten gelesen hat.

»Nicht nötig«, sagt sie heiser.

* * *

Nachdem Christopher die Treppe hinunter verschwunden ist, legt sich Sugar auf ihr Bett. Die abgezogenen Kissen riechen nach wie vor nach Haaröl und Alkohol; nur mit der Zeit wird der Geruch verschwinden. Die Predigerin draußen hat aufgegeben und ist weitergezogen; man muss Gott auch für kleine Wohltaten danken. Es hat wieder angefangen zu schneien, zögernd, mit den leichtestmöglichen Flocken. In ganz London setzen sich diese fedrigen Büschelchen auf die Dächer von Reich wie Arm, schmelzen sogleich, wo Wärme ist, sammeln sich zu einem weichen, weichen Tuch, wo sie fehlt.

Es ist fast Zeit, dass Sie die Augen öffnen; das einundzwanzigste Jahrhundert erwartet Sie, und Sie waren jetzt schon zu lange unter Prostituierten und merkwürdigen Kindern. Kommen Sie. Sugar ist müde, auch wenn es mitten am Tag ist. Heute Abend wird ihre Arbeit von neuem beginnen, was ist also schlimm daran, dass sie ein wenig döst, solange alles noch ruhig ist? Schon im Halbschlaf beugt sie sich vor den Spiegel, wischt sich mit einem feuchten Lappen das Gesicht und streckt die Zunge heraus.

Na so was: Ihre Zunge ist rosa und sieht gesund aus. Wie schnell der menschliche Körper sich von seinem Missbrauch erholt! Ein Wunder, halleluja. Und nun frohe Weihnachten, und träum schön.

Clara und der Rattenmann

Clara hatte den Rattenmann von Beginn an abstoßend gefunden, doch da sie *alle* ihre Kunden abstoßend fand, war das kein hinreichender Grund gewesen, seine Avancen zu verschmähen. Wenn sie darauf zurückblickte, bedauerte sie ihre mangelnde Urteilskraft und schrieb sie ihrer geringen Erfahrung als Prostituierte zu. In der Männermenagerie gab es zweierlei »abstoßend«: abstoßend-hässlich und abstoßend-eigenartig. Der Rattenmann war abstoßend-eigenartig.

Nicht, dass er nicht auch noch hässlich gewesen wäre. Seine Zähne waren braun, seine Augen blutunterlaufen, sein Bart war dünn und seine Nase pockennarbig. Er hinkte, und die rosa-graue Haut auf seiner Stirn war merkwürdig genarbt, so als hätte ihm jemand, als er noch ein Kind war, einen Topf kochendes Wasser darübergeschüttet. Überhaupt wäre er ein Mitleid erregender Fall gewesen, wenn Clara der mitleidvolle Typ gewesen wäre. Doch die Welt verdiente zu wenig Mitleid, als dass Clara es grundlos verteilt hätte. Hässliche, vernarbte Männer waren gleichwohl Männer und daher verachtenswert.

»Nennen Sie mich Mr. Heaton«, hatte er gesagt und sich förmlich verbeugt. Es war beinahe schon komisch, wie er da in der Great White Lion Street stand, auf seinen Stock gebeugt, und sie behandelte, als wäre sie weniger eine Hure als vielmehr eine angehende Pianoforteschülerin.

Das war nun sechs Wochen her. Sechs Wochen waren eine lange Zeit in ihrem Leben. Einstmals liebe Illusionen und Hemmungen starben beinahe täglich, und wenn sie gerade geglaubt hatte, sie seien nun bestimmt alle tot, fielen noch ein paar mehr. Jeden Monat war sie nicht mehr als die Person zu erkennen, die sie im Monat davor und im Monat vor jenem gewesen war. Selbst ihre Sprechweise klang jetzt weniger gebildet, gewöhnlicher denn als sie noch Bedienstete in einem behaglichen Mittelschichthaus gewesen war, so als hätte sich ihr der Schmutz des Straßenlebens auf die Zunge gelegt, ihre Vokale vergröbert, die Konsonanten weggeknabbert. Die Anstrengung, Verschleifungen oder doppelte Negationen zu vermeiden, schien nun, da es niemanden mehr gab, den sie damit beeindrucken konnte, zu beschwerlich. Nur zwölf Monate zuvor hatte sie, in steifen Kattun gewandet und einen eindrucksvollen Bund silbriger Schlüssel in der Hand, an der Hintertür des Hauses ihrer Herrin mit Handwerkern und Bäckerjungen verhandelt und sich ihnen überlegen gefühlt, sobald sie den Mund aufmachten. Der kleinste Unterschied in der Satzmelodie diente dazu, ihren Platz auf der Leiter oberhalb von ihnen zu definieren. Doch auf dieser Leiter war sie in einem Schwindel erregenden Tempo hinabgestiegen.

In anderer Hinsicht jedoch war sie durch den Absturz stärker geworden. Mit jedem Tag wurde sie geschickter und selbstbewusster darin, mit einem Blick einen Mann einzuschätzen und ihn abzuwimmeln, wenn sie den Verdacht hatte, dass er mehr Ärger bedeutete, als er wert war. Hätte der eigenartige Mr. Heaton sie gestern und nicht vor sechs Wochen angesprochen, dann hätte sie ihm ohne zu zögern die kalte Schulter gezeigt. Ja, da war sie sich ganz sicher.

Aber anderthalb Monate zuvor hatte sie sich in dem Gewerbe noch zurechtfinden müssen und war voller Angst gewesen, durch ihre Pingeligkeit womöglich noch mittellos zu werden. Denn schließlich war sie keine Edelhure, die in einem feinen Haus in St. John's Wood gehalten wurde. Sie war eine ordinäre Nutte, die genug für Unterkunft und Essen verdienen wollte. Was sollte denn aus ihr werden, wenn sie zu jedem hässlichen Mann, der etwas von ihr wollte, nein sagte?

Aber eigentlich hatte Mr. Heaton ja gar nichts von ihr gewollt. Er hatte nur gefragt, ob sie ihm gegen einen Shilling verspräche, sich einen Fingernagel wachsen zu lassen.

»Fingernägel wachsen furchtbar langsam, Sir«, hatte sie gesagt, nachdem sie ihn gebeten hatte, diesen bizarren Wunsch noch einmal zu wiederholen. »Wolln Sie etwa dabeistehn und zusehn, wie er wächst?«

»Nein«, hatte er erwidert. »Heute in einer Woche sehen wir uns hier wieder. Wenn Sie den Nagel haben wachsen lassen, gebe ich Ihnen einen weiteren Shilling.«

Es schien absurd leicht verdientes Geld. Er benannte den Nagel, den sie wachsen lassen sollte (Mittelfinger, rechte Hand), sie gab ihm ihr Wort, er gab ihr den Shilling, und sie sah ihm nach, wie er davonhinkte. Der Vormittag wurde zum Nachmittag, der Nachmittag zum Abend, und Claras Leben ging seinen Gang. Sie gab die Münze aus und vergaß Mr. Heaton. Sie vergaß ihn so gründlich, dass sie eine Woche darauf an derselben Stelle herumstand – und sich in Grund und Boden schämte, als er sie erneut ansprach.

Sie hoffte, durch reinen Zufall vergessen zu haben, den Nagel zu schneiden, auf den sie sich geeinigt hatten. Doch als sie, auf Mr. Heatons Bitte, den Handschuh auszog, war das fragliche Körperteil bis aufs Nagelbett gekürzt.

»Tut mir leid, Sir«, sagte sie, »hab ihn wohl abgekaut.«

Er schaute melancholisch drein, so als habe sich diese Szene schon viele Male mit vielen anderen Frauen identisch abgespielt.

»Ich gebe Ihnen noch eine Chance«, sagte er. »Und noch einen Shilling. Aber diesmal müssen Sie Ihr Versprechen halten.«

»Ganz bestimmt, Sir«, versicherte sie ihm.

Ihr Versprechen zu halten erwies sich als verdammt schwierig. Obwohl ihr früheres Leben als Zimmermädchen kaum ein Jahr zurücklag, schaffe sie es offenbar nicht mehr, sich unter all den Routinetätigkeiten eines durchschnittlichen Tages eine Pflicht zu merken, die auch nur ein wenig davon abwich. Es gab einmal eine Zeit, da konnte sie ihrer Herrin bei der Planung einer Abendgesellschaft helfen oder ein Kleid nähen, ohne darüber zu vergessen, dass sie sie um genau fünf Uhr an etwas anderes erinnern musste. Erstaunlich, einmal so diszipliniert gewesen zu sein! Heute konnte sie sich kaum mehr merken, für welche Dienste ein Kunde bezahlt hatte, und häufig argwöhnte sie, dass einer sich noch einen Extrawunsch erfüllte.

Was die Geschichte mit dem Fingernagel betraf, so war das eine Tortur. Zehn, zwanzig Mal am Tag hatte sie den Nagel zwischen den Lippen, und wollte ihn auch gleich mit ihren kleinen weißen Zähnen abkauen. Mit einem ärgerlichen Grunzen zog sie dann die Hand weg. Zehn, zwanzig Mal am Tag registrierte sie dann mit vagem Unbehagen, dass einer ihrer Nägel nicht so recht zu den anderen neun passte, und fragte sich, warum das so war. Ah ja: Mr. Heaton.

Wer hätte gedacht, dass ein nur wenig längerer Mittelfingernagel derart stören würde? Er war kein spektakulärer Anblick, vielleicht einen halben Zoll länger als die anderen. Doch er blieb am Stoff ihres Mieders hängen, grub sich in das Fleisch des Halses, wenn sie sich den Kragen zuknöpfte, ritzte ihre Wange, wenn sie die Hand hob, um mit den Locken ihres Ponys zu spielen. Die ansonsten enge Passform ihres Handschuhs war ruiniert. Ein halber Zoll, ebenso gut hätte es eine verflixte Kralle sein können!

Nach ihrem Tagewerk (Clara zog es vor, ihre Geschäfte am Tag abzuwickeln und nachts zu schlafen) zog sie sich auf ihr Zimmer in Mrs. Porters Pension zurück und gab Mrs. Porters Dienstmädchen einen Obulus, damit es für sie Badewasser einließ. Dann aalte sie sich im warmen Wasser, bis ihre Hände weich und wellig wurden. Und der Nagel geschmeidig, so sehr, dass sie ihn auf die Fingerkuppe hinab biegen konnte. Würde sie ihn zwischen die Zähne stecken, so könnte sie ihn, das wusste sie, ohne den geringsten Widerstand abreißen, und er würde nach gar nichts schmecken, auch könnte sie ihn verschlucken oder ausspucken, wenn sie wollte. Sie saugte an dem Nagel, nahm ihn zwischen die Zähne, wie manche Männer es mit ihren Brustwarzen machten, ließ ihn aber unversehrt. Verdammter Mr. Heaton! Wie lange wollte er sie noch quälen?

Jede Woche kam er zur Great White Lion, Ecke Dudley Street, betrachtete beifällig den Wuchs des Nagels und gab ihr einen Shilling. Jede Woche nahm sie sich vor, ihm zu sagen, dass sie nun keine Shillings mehr von ihm haben wolle, dass der lange Nagel sie zu sehr störe. Jede Woche ließ sie ihr Mut im Stich. Mr. Heaton war so offenkundig erfreut darüber, dass sie ihm gehorchte, und Clara empfand unwillentlich ein Streichholzglühen kindlichen Stolzes, dass sie seinen Erwartungen entsprach.

Es kam nicht oft vor, dass die Männer mit Clara zufrieden waren. Sie war nicht liebenswürdig oder charmant und nicht einmal besonders höflich. Sie bot ihren Körper nur widerwillig an, nannte sachlich ihren Preis, gab nicht vor, in Verzückung zu geraten, wenn ein rotgesichtiger Idiot sich an sie drängte. Komplimente verachtete sie; als einer ihrer ersten Kunden ihr sagte, sie habe die hübschesten Brüste, die er je gesehen habe, hätte sie ihm wohl eine geklebt, wäre sie da nicht gerade in einem ungünstigen Winkel zu ihm festgekeilt gewesen. Die honigsüßen Komplimente von Männern führten stets zu einem klebrigen Schmierer, der ihre Kleidung beschmutzte und abgewischt werden musste.

Mr. Heaton dagegen hatte sie noch nicht mal angefasst. Sein Shilling war das bei weitem leichteste Einkommen ihrer Woche; sie bekam ihn in glatten dreißig Sekunden. Clara fragte sich, ob er ein Eunuch war. Sein

Hinken, die Narben im Gesicht … vielleicht waren das Anzeichen einer ernsteren Verletzung. Clara mochte keine kranken Tiere, und ihr Instinkt sagte ihr, sich von solchen Dingen schön fernzuhalten. Aber lieber Gott im Himmel: Ein Shilling in dreißig Sekunden, ohne dass einer sie anfasste! Sie konnte es nicht rechtfertigen, ein solches Angebot abzulehnen, zumal wenn andere Kunden ihr Stunden ihrer Zeit stahlen, beim Preis feilschten, ihr blaue Flecken zufügten, bei ihr einen Juckenreiz hinterließen. Jedes Mal, wenn sie sich über Mr. Heaton ärgerte, erinnerte sie sich daran, dass sie von ihm schon einen, zwei, drei, vier, fünf, sechs Shilling für bloßes Nichtstun bekommen hatte. Wenn sie diesen Jux zwölf Wochen durchhielt, würde ihr aufgelaufenes Kapital (mal davon abgesehen, dass sie jeden Shilling gleich wieder ausgab, wenn sie ihn bekam) ein Pfund betragen. Ein Pfund, nur um dem Drang zu widerstehen, einen Fingernagel abzukauen! Das war doch gar nicht so schlecht, oder?

Aber dann entdeckte sie den Haken. Letzte Woche hatte sie etwas über ihren verkrüppelten Wohltäter herausgefunden, das aus »Mr. Heaton« den »Rattenmann« gemacht hatte.

Sie trafen sich wie gewöhnlich auf der Straße. Passanten schielten irritiert und angewidert hin, wie sie den Handschuh ihrer rechten Hand abstreifte und ihm ihren Mittelfinger zur Musterung hinhielt. Der Nagel war ganz leicht gestutzt, wo sie ihn an einer Backsteinmauer eingerissen hatte, als sie eilig einen Kunden bediente, dennoch war er lang, und Mr. Heaton nickte zufrieden.

»Würden Sie gern fünf Shilling auf einen Schlag verdienen?«, fragte er sie, während sie den Handschuh wieder anzog.

Sie beäugte ihn argwöhnisch. Bat er sie nun, sich weitere vier Nägel wachsen zu lassen? Das schien der naheliegendste nächste Vorschlag zu sein.

Stattdessen sagte er:

»Ich möchte, dass Sie mich zu einer Sportveranstaltung begleiten.«

»Von Sport verstehe ich nicht viel, Sir«, antwortete sie.

»Das macht nichts«, versicherte er ihr. »Niemand würde etwas von Ihnen verlangen. Aller Augen werden auf das Geschehen gerichtet sein.«

»Auch Ihre?«

»Auch meine.«

»Welchen Nutzen hätte ich dann für Sie, Sir?«

Er beugte sich näher zu ihr her, näher, als er es bis dahin gewagt hatte. Eine ehrbare, elegante Mutter, die in dem Moment mit ihrer kleinen, neben ihr her trippelnden Tochter vorbeikam, hielt dem Kind die Hand vor die Augen und scheuchte sie auf dem Trottoir weiter, so schockierend war diese öffentliche Demonstration von Intimität. Der spärliche Bart an Mr. Heatons Kinn strich fast über Claras Kleid, als er ihr leise ins Ohr sagte:

»Die Sportveranstaltung, die ich meine, ist ein Rattenkampf. Ein Bekannter von mir, ein Wirt, veranstaltet jeden letzten Donnerstag im Monat in Southwark einen Rattenkampf. Der nächste ist nächste Woche.«

»Ich mag Ratten nicht, Sir.«

»Das müssen Sie auch nicht. Sie nehmen ohnehin ein schlimmes Ende und ein schnelles dazu. Sie werden im Handumdrehen von Hunden erledigt.«

»Hunde mag ich auch nicht, Sir.«

Er zuckte, und seine Miene bekam etwas Flehentliches.

»Oh, sagen Sie das nicht. Am Donnerstag werden zwei Hunde da sein. Der eine gehört mir. Er heißt Robbie. Ein wunderschöner Hund; einen hübscheren hat die Welt noch nicht gesehen. Sein Fell ist weicher als Zobel.«

»Ich würde doch hoffentlich nichts mit dem Hund zu tun haben, Sir?«

»Sie können sein Geschick bewundern. Oder auch nicht, wie Sie mögen. Sie werden sich mir zuwenden.«

»Und was soll ich dabei tun, Sir?«

»Nichts, was Sie nicht schon einmal gemacht haben.«

»Bis vor einem Jahr war ich eine ehrbare Frau, Sir. Es gibt vieles, was ich noch nie gemacht habe.«

»Trotzdem …« Er senkte den Kopf und lächelte matt, wie um anzudeuten, dass jede Hure, die auch nur eine Prise Salz wert war, diese Sache in ihrem Repertoire hatte.

Ein bestürzender Gedanke schoss Clara durch den Kopf.

»Ich muss es doch nicht … vor den anderen Leuten in dem Wirtshaus *tun*, oder?«

»Selbstverständlich nicht«, sagte er schroff und zornig. »Wir sehen uns einfach nur das Rattenfangen an. Voll bekleidet. Das Einzige, was ich von Ihnen verlange, ist, dass Sie mir dabei die Hand hinten in die Hose stecken. Das wird niemand sehen; ich werde einen langen Gehrock tragen, der uns vor neugierigen Blicken schützen wird. Aber sehr wahrscheinlich werden wir ihnen gar nicht ausgesetzt sein. Die Rattengrube zeitigt große Aufregung. Sie haben ja keine Ahnung, wie sehr das die Leute aufwühlen kann.«

Clara starrte ihm mitten ins Gesicht, was (da sie nun eine Hure mit einiger Erfahrung war) ihre übliche Technik bei nicht vertrauenswürdigen Kunden war. Sie konzentrierte sich auf seine pockennarbige Nase und versuchte, sich nicht von den fiebrigen, beschwörenden Augen zu beiden Seiten ablenken zu lassen. Sie mühte sich, seine jüngsten Äußerungen in umgekehrter Reihenfolge durchzugehen, um die eine herauszufischen, die sie betraf.

»Hinten in Ihre Hose?«, sagte sie.

»Ja«, sagte er. »Wenn die ... äh ... Vorstellung läuft, sollen Sie die Hand in meine Kleidung stecken. Unter der Hose werde ich nichts anhaben. Sie werden den Mittelfinger in mein Rektum stecken.«

»Rektum, Sir?«

»Mein Arschloch.«

»Und dann?«

»Ein ›Und dann‹ gibt es nicht. Das ist alles.« Er machte eine Pause. »Fünf Shilling.«

Clara starrte ihm auf die Stirn. Sie glänzte und schien zu pochen, so als wollte das Fleisch unbedingt schwitzen, sei dafür aber zu stark vernarbt.

»Von Blut wird mir übel, Sir.«

»Es gibt kaum Blut. Das ist nicht wie bei Hundekämpfen oder Hahnenkämpfen oder bei der Stierhetze. Es ist effizient. Es ist sauber. Es ist ...« Er ballte die Fäuste, verzweifelt, dass sie nicht begriff. »Es ist ein Privileg, dabei zuzuschauen. Ehrfurcht – das weckt es. Ehrfurcht. Es ist eine ...« Er holte tief Luft; die normale Menge Luft reichte nicht aus, um die Erhabenheit zu vermitteln. »... eine erstaunliche Demonstration dessen, was geschieht, wenn ein hervorragend trainiertes Tier auf eine Horde Ungeziefer angesetzt wird.«

So leidenschaftlich hatte sie ihn noch nie gehört. Es war ihr egal.

»Es ist halt so, der nächste Donnerstag ist bei mir schon ein ganz ausgefüllter Tag, Sir.«

Er packte ihre behandschuhte Hand, dort auf der Straße, und nahm sie fest zwischen die seinen. Seine Augen leuchteten vor Ehrlichkeit.

»Bitte«, sagte er. »Ich habe Ihnen einen Shilling die Woche gegeben, nur damit Sie sich darauf vorbereiten. Schlagen Sie es mir nicht ab. Alles hängt von Ihnen ab. Es dauert auch nur eine Stunde.«

»Sie machen mir Angst, Sir.«

»Dann eben zehn Shilling.«

Clara schluckte schwer.

»Na gut«, sagte sie.

Seitdem hatte Clara hin und her überlegt, wie sie ihre Zusage brechen konnte, ohne dass ihr unangenehme Folgen erwuchsen.

Sie erwog, den ganzen Donnerstag im Haus zu verbringen, Kleider zu bügeln, den Saum ihres Kamisols zu flicken und überhaupt ihrem Körper etwas Ruhe zu gönnen. Doch niemand konnte sagen, wozu der Rattenmann imstande wäre, wenn er so enttäuscht würde. Vielleicht suchte er sie danach ja jeden Tag.

Sie erwog, ihm einfach ins Gesicht zu sagen, sie habe es sich anders überlegt, und ihm ihren sauber geschnittenen Mittelfinger zu zeigen. Wenn er wütend wurde, konnte sie ja einfach um Hilfe rufen, oder? Neuerdings wimmelte es in London nur so von Polizisten wie auch von Humanitätsaposteln aller Art. Einer würde ihr doch bestimmt zu Hilfe kommen? »Dieser Mann macht mir unsittliche Anträge«, konnte sie sagen. Aber vielleicht war das doch nicht so eine kluge Idee. Mehreren Polizisten aus der Gegend war ihr Gesicht bekannt. Beschwerte sich einer der Herrn (wie hässlich oder vernarbt er auch sein mochte) über sie, dann würden die sie nur zu gern ins Gefängnis werfen.

Sie erwog, den Rattenmann zu ermorden, nur um ihn aus ihrem Leben zu entfernen. Doch sie musste zugeben, dass das doch eine übertriebene Reaktion auf ihre Furcht vor Beschämung war, eine, die man eher von einem Mann als einer Frau erwarten würde. Auch hatte sie überhaupt nichts, womit sie jemanden töten konnte, nicht einmal ein Messer. Sollte sie Mr. Heaton etwa auf der Straße erwürgen? Die ganze Nation war bekloppt, und sie wusste nicht, warum sie überhaupt daran gedacht hatte, außer vielleicht wegen der Erregung, die es versprach.

Sie erwog, ganz von hier zu fliehen, ihrem Gewerbe in einem anderen Teil der Stadt nachzugehen. Herrje, da ist ein Nagel einen halben Zoll gewachsen, und schon plante sie, aus St. Giles abzuhauen, gerade als sie allmählich raushatte, wie der Hase läuft! Doch auch das war bloße Phantasie. Am liebsten war sie doch bei Mrs. Porter in der Queen Street, und nahe der Kreuzung Broad Street war ein nettes Wirtshaus, in dem sie immer mehr den Ruf eines sauberen, makellosen Mädchens genoss. Dann gab es auch noch Dickies Steakhaus in der Seven Dials, wo sie so viel essen konnte, wie sie wollte, innerhalb gewisser Grenzen, solange sie nur kein Wort mit Mr. Dickies Frau redete.

Nein, sie musste ihre Abmachung mit dem Rattenmann einhalten.

Der Donnerstag kam, und Clara traf sich mit Mr. Heaton am üblichen Ort. Ohne weitere Diskussion fiel sie in Gleichschritt mit ihm, der eilig die Dudley Street entlang hinkte. Er war in einen fülligen, knielangen Mantel gehüllt, der ihm das Aussehen eines Impresarios verlieh. Eines abgebrannten Impresarios vielleicht: Der Mantel war ein wenig mottenzerfressen. Zum ersten Mal kam es Clara in den Sinn, dass ihr Wohltäter nicht besonders reich sein konnte. Konnte er sich das Geld, das er ihr gegeben hatte, womöglich nur schwer leisten? Sie spürte leise Gewissensbisse und verfuhr damit auf die einzige Weise, die sie kannte.

»Ich will meine zehn Shilling jetzt«, sagte sie.

Er reichte sie ihr beim Gehen. Als hätte er diesen Augenblick kommen sehen und die Münzen schon in der Hand gehabt.

Wie sie wohl nach Southwark kamen, fragte sie sich. Es musste ganz schön weit weg sein, da keine ihrer Hurenfreundinnen es kannte. Hatte der Rattenmann etwa einen erschöpfenden Fußmarsch mit ihr vor, oder bestiegen sie zusammen wie Mann und Frau einen Omnibus? Sie wollte sich nicht vorstellen, dass Horden von Fremden glaubten, es bestehe eine vertrauliche Beziehung zwischen ihr und dem Rattenmann; sie wünschte, sie hätte ihn schon vor sechs Wochen mit einem schlichten Fick abgespeist, statt sich in dieses Schlamassel reinziehen zu lassen.

»Ist es weit?«, sagte sie.

Sein Arm fuhr in die Luft, worauf sie aus Angst, er

wollte sie schlagen, zurückzuckte, doch er winkte nur eine Droschke heran.

»Zum Traveller's Rest, Southwark«, sagte er.

»Sehr wohl, Sir«, sagte der Kutscher. »Was von dem *Spezialfässchen* probieren, was die da unten haben, wie, Sir?«

»Allerdings.«

»Ich lass mir das auch gern mal schmecken, Sir. Sehr lecker.«

Clara und Mr. Heaton bestiegen die Kabine. Mr. Heaton schien in keiner Weise überrascht, dass der Kutscher den Ruf des Traveller's Rest kannte. Für einen Augenblick erhaschte Clara einen kleinen Ausschnitt eines London, das bei weitem größere Reize bereithielt, als sie und ihre Genossinnen erahnten und die andere Leute gern für sich erkundeten. Sie hatte nicht das geringste Bedürfnis, dieses Bild zu sehen. Überhaupt schien sich der Rattenmann darauf zu spezialisieren, ihr Einblicke in Dinge zu gewähren, von denen sie lieber nichts wissen wollte.

»Wie komme ich nach Hause, wenn es vorbei ist?«

Der Rattenmann lächelte traurig. »Ich nehme an, wir werden uns einig, wenn es vorbei ist.«

»Aber Sie wohnen ja nicht da, wo ich wohne.«

»Ich bringe Sie vorher nach Hause.«

Clara nickte, wenig überzeugt. Wenn sie seit ihrem Abstieg in die Prostitution eines gelernt hatte, dann das, sich nicht auf die Höflichkeit und Großzügigkeit anderer zu verlassen. Die Droschke fuhr eine sehr lange Strecke, und jedes Klacken der Pferdehufe auf dem Pflaster unterstrich, dass sie sich von den Straßen, die sie kannte, immer weiter entfernte. Die zehn Shilling, die in der Tasche ihres Kleids verstaut lagen, würden ihr nichts nützen, wenn sie ausgeraubt und in einer dunklen, fremden Gegend tot liegen gelassen würde. Damit das nicht geschah, spürte sie nun den Druck, sich mit dem Rattenmann gut zu stellen, ihm zu Gefallen zu sein oder wenigstens nicht mit ihm zu streiten. Sie wusste nicht, ob es möglich war, dass sie einen ganzen Nachmittag zusammen verbrachten, zumal einen mit Ratten und Hunden, ohne zu streiten.

»Ich hoffe, wir verstehen uns wegen des Nagels«, sagte er, das Gesicht in der dunklen Kabine von ihr abgewandt.

»Des Nagels, Sir?«

»Sie dürfen nicht sanft damit umgehen, verstehen Sie? Sie müssen ihn so tief hineinstoßen, wie es mit Ihrem Finger geht.«

»Ich werde mein Bestes geben, Sir.«

»Sie brauchen sich keine Gedanken zu machen, ob Sie mich verletzen.«

»Nein, Sir.«

»Und Sie ziehen ihn erst wieder heraus, wenn ...« Er wandte sich noch brüsker von ihr ab, so als habe er gerade einen Bekannten auf der Straße entdeckt. »Wenn es vorbei ist.«

»Woher weiß ich das denn, Sir?«

Da drehte er sich zu ihr hin. Sein Mund war ganz hart. Das vernarbte Fleisch seines Gesichts war blass, die Wangen dagegen errötet und fleckig.

»Wenn die letzte Ratte tot ist«, sagte er.

Das Traveller's Rest war auf der anderen Seite der Welt. Die Droschke musste, um hinzukommen, die Themse überqueren, vorbei an Waterloo, wo Clara ein-, zweimal mit ihrer Herrin gewesen war, und dann noch weiter. Das Pub schien, als sie es endlich erreichten, die lange Reise kaum zu rechtfertigen. Es machte auf Clara den Eindruck eines eher gewöhnlichen Etablissements, eines, wo träge Männer mit ernstem Vorsatz tranken. Die Luft war von Pfeifenrauch und Alkoholdämpfen geschwängert, und die Stammgäste hingen tief über den Tischen, als wollten sie gelegentlich irgendwo darunter nach Sauerstoff schnappen. Ein Stück des Fußbodens, wo die Dielen weggemodert waren, war grob mit andersfarbigen Bohlen ausgebessert, die scharfen Kanten mit Teer überzogen. Der Kamin war mit Asche und bernsteingelber Glut verstopft. Etliche Gaslampen waren abgedreht oder funktionierten nicht mehr, und die wenigen Spiegel im Schankraum bedeuteten, dass ihm die reflektierte Geselligkeit der Pubs, die Clara aufsuchte, vollkommen abging. Stattdessen schluckte dunkelbraunes Holz das Licht und wollte es nicht mehr hergeben.

»Hier gefällt's mir nicht«, flüsterte sie ihrem Begleiter zu.

»Deshalb sind wir auch nicht hier«, flüsterte er zurück. »Der Zweck unseres Besuchs ist unten.«

Clara sah gar keine Treppe. Sie reckte den Hals um eine Säule und sah nur weitere halb beduselte Männer, die von ihren Trinkposten zu ihr zurückstarrten. Sie hatte ein leuchtendes, theatralisches Spruchband erwartet, das Begeisterung für den anstehenden Rattenkampf wecken sollte, doch es gab nichts dergleichen. Überhaupt waren die Wände nur karg geschmückt – bloß einige wenige eingerollte Zettel, die für unlängst aufgeführte Darbietungen in zuträglicher klingenden

Etablissements als dem Traveller's Rest warben. Und dann gab es noch den handgeschriebenen Hinweis »ACHTUNG! BLÖDMÄNNER«.

Mr. Heaton ging zum Wirt. Sie nickten einander wortlos zu und gaben sich die Hand ... vielleicht wechselte auch eine Münze den Besitzer. Dann schritten der Wirt, Mr. Heaton und Clara durch den Raum nach ganz hinten, wo der Wirt eine Falltür im Fußboden hochzog. Eine Treppe kam zum Vorschein, erhellt von einem Licht unklaren Ursprungs. Der Tabakrauch aus dem unteren Raum traf auf den des oberen und sie wirbelten durcheinander.

Der Keller war, als Clara sich hatte hinabhelfen lassen, gar nicht so übel. Er gefiel ihr sogar deutlich besser. Obwohl er unter der Erde lag, wirkte er weniger klaustrophobisch als die Trinkerhöhle oben und war mit dem Dutzend Öllampen an strategischen Stellen viel besser beleuchtet. Die rohen Steinwände waren weiß gestrichen, um die Helligkeit noch zu verstärken.

Der Keller bestand im Wesentlichen aus der Rattengrube. Die Wände entlang gab es mehrere Reihen Holzbänke, aber niemand saß darauf. Alle Zuschauer – insgesamt rund zwanzig – standen um die Grube herum, die vielmehr einer erhabenen Holzwanne glich. Sie war achteckig, hüfthoch und hatte einen Durchmesser von ungefähr neun Fuß. Der Wirt schob sich zu einem Fass, das beinahe so hoch war wie er selbst und das eher für Mehl denn für Wein oder Bier geeignet schien, und legte ein Ohr an den Deckel. Nicht ganz befriedigt spähte er durch eines von mehreren Löchern, die in den Deckel gebohrt waren, wobei er die Augen clownesk zusammenkniff.

»Da sind fünfundsiebzig der Besten drin«, sagte ein Mann mit einem Zylinder ohne Deckel.

»Wir könnten hundert gebrauchen«, sagte der Wirt.

»Hunnert von den Schön' da, die fängt man nich' einfach so.«

»Sonst hast du uns immer hundert gefangen.«

»Das war vor den Ausbesserungen vonner Kanalisation.«

»Na, hoffentlich sind's wenigstens Große.«

»Große? Kämm ihr Fell gegen' Strich, und die könnten als Frettchen durchgehn.«

Mr. Heaton legte Clara einen Finger auf den Oberarm, um ihre Aufmerksamkeit zu wecken.

»Ich hole jetzt Robbie«, murmelte er nahe ihrem Ohr. »Ab jetzt geht alles schnell. Denken Sie dran, worum ich Sie gebeten habe.«

Sie nickte.

»Dann ziehen Sie den Handschuh aus«, mahnte er sie.

Sie blickte auf ihre Hände, befangen bei der Vorstellung, die Handschuhe in der Öffentlichkeit abzunehmen: Jeder würde sie gleich für eine Frau mit schlechter Erziehung halten. Aber dann fiel ihr auf, dass sie die einzige Frau im Keller war und dass jeder Mann sie bestimmt schon als Hure eingeschätzt hatte. Finger um Finger streifte sie die Handschuhe ab, und niemand nahm auch nur die geringste Notiz davon. Sie hätte sich die Röcke über den Kopf werfen können, und dennoch hätten die versammelten Zuschauer ihre Aufmerksamkeit wohl fest auf das gerichtet, was nun gleich stattfinden sollte. Einige stützten sich schon, dicht an dicht, mit den Ellbogen auf den Rand der Rattengrube. Clara fragte sich, wie da bestimmt wurde, wer sich an den Rand der Grube lehnen durfte und wer über die Schultern schauen musste; hing das davon ab, wie viel Eintritt jemand bezahlt hatte? Etliche Gäste waren recht ordentlich gekleidet, hatten glänzende Knöpfe am Mantel, einen makellosen Hut auf dem Kopf, modische Krawatten um, die fünfzigmal so viel kosteten wie das schmuddelige Baumwolltuch, das der Rattenfänger trug. Clara bezweifelte, ob diese Herren jemals einen Fuß in eine Kaschemme wie das Traveller's Rest setzen würden, gäbe es nicht den rumorenden, quiekenden Inhalt des Fasses.

»Also, meine Herren«, verkündete der Wirt, als Mr. Heaton in einem Raum hinter dem Keller verschwunden war. »Heute Nachmittag haben wir zwei Hunde, Robbie und Lopsy-Lou. Weniger Ratten, als wir uns erhofft haben. Wie wollen wir den Verlauf des Tages regeln?«

Das provozierte ein wildes Geschrei aus Wetteinsätzen und widerstreitenden Forderungen.

»Einen Shilling darauf, dass Robbie fünf in fünfzehn Sekunden tötet!«

»Zwei Shilling, dass Lopsy-Lou zwanzig in fünfzig Sekunden tötet!«

»Der Shilling hier sagt, dass zwölf von zwanzig nach einer halben Minute noch leben!«

»Wenn wir bloß fünfundsiebzig Ratten haben, dann sollen es drei Kämpfe mit je fünfundzwanzig Ratten sein.«

»Das bringt doch alles durcheinander!«

»Zwanzig ist eine gute Zahl.«

»Das geht nicht in fünfundsiebzig.«

»Meine Wetten sind alle auf zwanzig angelegt.«

»Wir kennen deine Wetten genau. Du willst für'n Sechser Blut sehen.«

»Mit zwei Hunden können wir keine drei Kämpfe machen.«

»Klar geht das. Zwei von drei.«

»Lass für jeden Kampf siebenunddreißig Ratten raus, und verdammt soll die sein, die überlebt!«

»Lopsy-Lou ist schwerer als Robbie; sie müsste ein Handikap haben. Ich sag, Robbie tötet zehn auf fünfzehn von Lopsy.«

»Warum soll es ein Terrier aus Manchester einfacher haben als einer aus London?«

»Wiegen wir die Hunde doch! Jeder tötet so viele Ratten, wie er Pfunde wiegt. Der Hund, der seine Quote schneller tötet, hat gewonnen.«

»Ich seh keine Waage.«

»Ein Wirtshaus ohne Waage?«

»Die Male und Ratten sollen die gleiche Zahl haben, aber Robbie soll kleinere Ratten kriegen!«

»So'n Quatsch! Wenn er seinen Anteil nicht töten kann, braucht er gar nicht hier zu sein!«

»Warum setzen wir kein Zeitlimit – sagen wir, 'ne halbe Minute – und sehen, welcher Hund die meisten tötet?«

»Ich wette nicht Hund gegen Hund. Es soll Hund gegen Ratte sein.«

»Aber was machst du, wenn die dreißig Sekunden um sind und es leben noch Ratten?«

»Natürlich den Hund aus der Grube nehmen.«

»Das ist grausam!«

»Meine Herren!«, blaffte der Wirt. »Wir müssen anfangen. Tun wir zwanzig für Robbie in die Grube und sehen, wie Ihnen der erste Kampf gefällt.«

Das schien die Mehrheit zufriedenzustellen; rasch wurden die Wetten abgeschlossen und das Geld eingesammelt. Unterdessen war Mr. Heaton aus dem Dunkel erschienen, seinen Hund an der Leine, sehr eng am Halsband. Es war tatsächlich ein schöner Hund, ein seidenschwarzes Tier, etwas kleiner, als Clara erwartet hatte. Er war friedlich, wartete geduldig neben seinem Herrn und blickte Lob heischend zu ihm hoch – bis der Wirt den Deckel des Fasses abnahm und sich anschickte, die Ratten in die Grube zu setzen. Da bäumte sich Robbie auf, zerrte an der Leine, und Mr. Heaton musste ihn hart gegen den Schenkel pressen.

Der Wirt arbeitete schnell, aber sorgfältig. Mittels einer Metallzange, mit der eigentlich Brötchen aus dem Backofen geholt wurden, hob er die zappelnden Nager nacheinander aus dem Fass und setzte sie vorsichtig in der Grube ab. Die Ratten (von ein wenig unterschiedlicher Größe, was zu Gemurr unter den Zuschauern führte) schienen gesunde Vertreter ihrer Spezies zu sein, seidig wie Kätzchen und flink wie Kakerlaken. Sie versuchten sogleich, in die Freiheit zu klettern, doch die Wände der Grube waren glatt, und zusätzlich war auf den Grubenrand noch ein Metallbeschlag geschraubt. Das Geräusch winziger Krallen, die auf dem polierten Holz scharrten, war erstaunlich gut zu hören. Es sah komisch aus, wie die Ratten auf den kalkweißen Boden zurückrutschten. Clara leckte sich die Lippen.

Mr. Heaton zwängte sich unter Schwierigkeiten neben sie. Dass er hinkte, war ein Problem, der arme, kaum zu bändigende Robbie ein weiteres. Der Hund machte kleine Winselgeräusche, die tief aus dem Hals kamen – klagende Hurenlaute. Siebzehn, achtzehn, neunzehn Ratten waren nun in die Grube gesetzt. Mr. Heaton stand dicht neben Clara, seine Hüfte berührte beinahe ihre Taille. Die unvernarbten Teile seines Gesichts schimmerten von Schweiß, und seine Nackenmuskeln spannten sich, ein Phänomen, mit dem Clara in ihrer neuen Tätigkeit zunehmend vertraut wurde. Gleich war es so weit.

Als die zwanzigste Ratte in dem Ring landete, begann ein hochgewachsener Mann mit einer Stoppuhr einen kurzen Countdown für Robbies Freigabe. Diese fünf Sekunden waren die längsten, die Clara je durchlebt hatte.

Kaum war das Halsband des Hundes gelöst, schoss er in die Grube und machte sich daran, Ratten zu töten. Entgegen Claras Erwartungen jagte er sie nicht in der Einfriedung herum oder fintierte, duckte sich und zögerte wie eine Katze bei einer Maus. Er tötete mit der Effizienz einer Maschine. Die Ratten schwärmten hilflos hin und her, kauerten sich in den Ecken der achteckigen Arena zusammen oder sausten auf die andere Seite. Der Hund hielt sich nicht damit auf, einzelne Tiere zu jagen. Er stürzte sich auf die Gruppen, packte die ihm nächste Ratte und erledigte das quiekende Tier mit einem Biss. Ein Schnappen der Kiefer schien zu genügen. Er nahm sich nicht einmal die Zeit, sein Opfer triumphierend zu schütteln, sondern ließ es einfach fallen, sobald seine Zähne das weiche Fleisch durchstochen hatten.

Mit wachsender Erregung erkannte Clara, dass an der Vorführung des Hundes mehr war als willkürliche Brutalität: Er dosierte seinen Aufwand mit außerordentlicher Schläue, hielt immer wieder eine halbe Sekunde inne, damit sich die umherirrenden Ratten wieder zusammenkauern konnten, oder stellte eine Pfote auf den Boden, um eine Ratte daran zu hindern, in die falsche Richtung zu laufen. Seine Augen leuchteten mit wilder Intelligenz. Seine Mordlust hatte etwas eigentümlich Gütiges; er behandelte jede Ratte gleich, vernachlässigte keine. Er tötete mit Bedacht, wusste eindeutig um die Wetten, die auf ihn gesetzt waren, um die großen Hoffnungen seines Herrn.

Zwölf Ratten tot, dreizehn, vierzehn. Mr. Heaton stand dicht bei Clara, sein Arm berührte den ihren. In dem Keller schwirrten verzweifelte Geräusche umher: schweres Atmen, das Quieken und Scharren todgeweihter Ratten, das krallenbewehrte Tappen von Hundepfoten, heisere Schreie: »Ja!« und »Da!«

Allzu schnell war alles vorbei. Robbie packte die letzte Ratte, brach ihr mit einem Schnappen des Kiefers das Rückgrat. Lauter Jubel brandete auf, und der Zeitnehmer schlug mit der Faust in die Luft. Clara ächzte, sackte gegen den Rand der Rattengrube, deren Metallbeschlag sie, wie sie merkte, mit beiden Händen umklammert hielt.

Danach wurde es unschön. Nicht wegen Blut oder Speichel (Robbie hatte erstaunlich saubere Arbeit geleistet), sondern weil unter den Zuschauern Uneinigkeit darüber herrschte, ob einige der Ratten auch wirklich tot waren. Ein armseliges Exemplar wurde aus dem Ring gefischt und zu Füßen der Männer auf den Boden gelegt. Einer behauptete, dem Tier sei nur das Rückgrat gebrochen worden, weswegen es sich nicht mehr bewegen könne, dass es aber noch lebe: er habe gesehen, wie es nach Luft schnappte. Ein anderer trat ihm auf den Schwanz und meinte, wenn noch Leben in ihm wäre, würde der Schmerz gewiss eine Reaktion zeitigen. Es kam keine. Eine zweite umstrittene Ratte, die angeblich noch atmete, wurde aus der Arena genommen. Wenngleich schlaff und bewusstlos, schien sie doch noch sehr lebendig; ihr Bauch pulsierte sichtbar. Zwei der Männer, die gegen Robbie gesetzt hatten, beharrten darauf, dass er es nicht geschafft habe, seinen Anteil zu töten. Ein anderer schlug vor, den Kampf noch ein paar Sekunden weiterlaufen zu lassen, damit Robbie diese letzte Ratte töten konnte, so lange es eben dauerte – wogegen die beiden Andersdenkenden einwandten, der Hund brauche natürlich nur eine halbe Sekunde dafür, was unsinnig sei, er hätte es eben gleich beim ersten Mal richtig machen sollen. Der Rattenfänger, der das Tier die ganze Zeit stoisch betrachtet hatte, bückte sich unvermittelt und schlitzte der Ratte mit einem Messer den Bauch auf. Ein grausiger Anblick eröffnete sich: ein Knäuel Fötensäcke, glänzend wie Würste, ein jeder mit einer zappelnden kleinen Ratte darin, mit ausgebildetem Fell und fast schon bereit zum Leben.

»Da will 'n Kleines wohl 'n Handwerk lernen?«, scherzte der Rattenfänger, womit denn auch die gute Laune der Gesellschaft wiederhergestellt war.

Mit einer Ausnahme: Mr. Heaton verließ das Traveller's Rest, bevor Lopsy-Lou überhaupt die Gelegenheit bekam, sich zu beweisen. Er klagte über Bauchschmerzen, und tatsächlich sah er entsetzlich aus, sein Gesicht eine Mischung aus Knochenweiß und Beefsteakrot. Seine

Sportskameraden protestierten, er müsse bleiben: Robbie sei ein Champion und bekomme gewiss das dritte Match, nachdem Lopsy-Lou seinen Auftritt gehabt habe. Lopsy-Lous Besitzer deutete an, Mr. Heatons plötzliches Unwohlsein könne ein Zeichen dafür sein, dass ihm sein schon eingesackter Gewinn mehr bedeute als der inhärente Wert, zwei edlen Hunden beim Wettkampf zuzuschauen. Doch Mr. Heaton ließ sich nicht beirren. Seine Verdauung, beharrte er, sei sehr schlecht. Es würde ihn nicht überraschen, wenn er binnen einer Stunde im Bett liege.

Ohne ein Wort zu wechseln, verließen Mr. Heaton und Clara Seite an Seite das Pub. Mr. Heaton winkte sogleich eine Droschke heran, und einen Augenblick lang fürchtete Clara, er werde sie auf dem Bürgersteig stehen lassen und davonrasen. Doch er öffnete ihr mit versteinerter Höflichkeit die Kabinentür und wartete, bis sie eingestiegen war.

»Sie haben Ihr Versprechen gebrochen«, sagte er, sobald sie saßen und das Fahrzeug losgefahren war.

»Ich hab's vergessen, Sir«, sagte sie.

»Ich habe Sie daran erinnert«, sagte er. »Zweimal.«

»Ich konnte den Blick nicht von dem Hund und den Ratten wenden, Sir. Es war das erste Mal für mich.«

Er seufzte tief und blickte aus dem Fenster. Die Nacht brach herein. Handwerker eilten nach Hause. Ein Lampenputzer vollführte, wie es schien, gymnastische Übungen, reckte Arme und Rücken zur Einstimmung auf die Arbeit, die vor ihm lag.

»Es tut mir leid, Sir«, sagte Clara. Sie mutmaßte, Mr. Heaton sei zu sehr Gentleman, um seine zehn Shilling zurückzufordern, meinte aber, es sei wohl gut, sich zerknirscht zu geben, damit er vielleicht Erbarmen mit ihr hatte.

»Was geschehen ist, ist geschehen«, sagte er im Ton bitterer Melancholie. Er schien sich in eine eigene Welt zurückzuziehen, an einen Ort, zu dem nur er Zugang hatte. Clara fand dies verstörender, als wenn er sie auf der Straße laut beschimpft hätte.

»Es tut mir leid, Sir«, sagte sie erneut und schaute verstohlen zu ihm hin, ob er sich vielleicht erweichen ließ. Er hatte es offenbar nicht gehört.

Die Droschke fädelte sich in den Verkehr Richtung Westminster, rappelte über die Brücke, vorbei am Parlament. Die hohen Gebäude stellten sich vor die Sonne und brachten die Nacht desto schneller heran. Mr. Heaton knöpfte sich den Mantel auf, dann das Jackett darunter und zog aus einer Innentasche eine Tabaksdose hervor. Er drehte sich eine Zigarette und zündete sie an. Er inhalierte sehr lange und lehnte den Kopf gegen die Kabinenwand. Da entdeckte Clara die tiefe Narbe an seinem Hals, unmittelbar unter der Bartlinie; sie verlief beinahe von einem Ohrläppchen zum anderen. Bis auf einen Schluckauf, den der Adamsapfel vollführte, bildete die Narbe einen vollkommenen Halbkreis. Darum herum war sie von weiteren Narben gepunktet: überkreuz liegende weiße Punkte, wo jemand das klaffende Fleisch grob zusammengeflickt hatte. Die Punkte sahen aus, als wären dort einmal Knöpfe angenäht gewesen und unbemerkt abgefallen.

»Was ist mit Ihnen geschehen, Sir?«, fragte Clara.

Er ließ den Rauch entweichen, bis er ihm wie Nebel um den Kopf hing. Er starrte an die Decke und blinzelte mit seinen schimmernden, blutunterlaufenen Augen.

»Geschehen?«, murmelte er geistesabwesend.

»Jemand hat Sie verletzt, Sir.«

Sie zeigte auf seinen Hals, berührte ihn beinahe.

Er lächelte, gab aber keine Antwort.

»Waren es Räuber, Sir?«

Wieder lächelte er. »Könnte man so sagen.« Er zog so fest, wie es nur irgend ging, an seiner Zigarette, wodurch sie in dem Dunkel der Kabine wild aufleuchtete.

Der Hansom rappelte weiter. Durch das Fenster auf ihrer Seite erblickte Clara etwas, was sie aus jener verlorenen Lebensphase kannte, als sie sich häufig mit einem anderen Hausmädchen namens Sinead in einer Teestube nahe dem Bahnhof Charing Cross traf. Nun wusste sie mehr oder weniger, wo sie war. Es würde nicht mehr lange dauern, bis sie wieder in St. Giles waren, also probte sie schon einmal, wie ihre Abschiedsworte für Mr. Heaton werden sollten, ob sie einen heiteren Ton oder einen ernsten anschlagen sollte, ob eine dritte Entschuldigung ihn erweichen konnte oder ob sie schon so viel Zerknirschung herausgeholt hatte, wie eben drin war, ob sie ihm vorschlagen sollte, es in einem Monat noch einmal zu versuchen, trotz ihres ehrlichen Vorsatzes, ihn nie wieder sehen zu wollen. Während sie so tief in Gedanken versunken war, hin und her überlegte, ob es klug wäre, ihm, unmittelbar bevor sie in die Freiheit hinaussprang, eine Art Kuss auf die Wange zu drücken, sprach er wieder.

»Ich war in der Schlacht von Peiwar Kotal.«

»Wie furchtbar, Sir. War das in Indien?«

»Afghanistan.«

Clara hatte noch nie davon gehört. Ihre Schulbildung war zugegebenermaßen dürftig gewesen, und sie war fast unmittelbar danach in Dienst getreten, und ihre Herrin hatte, obwohl sie so reich war, von nichts eine Ahnung. Clara strengte ihr Gedächtnis an, ob vielleicht Mr. William Rackham, der Mann ihrer Herrin, jemals etwas Lehrreiches über Afghanistan in Hörweite geäußert hatte. Doch der Gedanke an diesen aufgeblasenen Windbeutel, der sie mit einem vernichtenden Empfehlungsschreiben – einem so giftigen, dass sie über drei Jahre vergebens versucht hatte, damit eine ordentliche Anstellung zu bekommen, nur um dann in ihr gegenwärtiges Metier getrieben zu werden – entlassen hatte, machte sie taub, stumm und blind vor Zorn.

»In Geschichte kenne ich mich nicht so gut aus, Sir«, sagte sie.

Er schnippte seine Zigarette aus dem Fenster. »Es war erst letztes Jahr.« Er ging mit dem Gesicht nahe an sie heran und musterte ihre Züge, so als taxierte er zum ersten Mal ihre Attraktivität als Frau. »Sie halten mich für einen alten Mann, wie? Aber ich wette, ich bin jünger als *Sie.*«

»Ich würde nicht dagegenhalten, Sir.«

Er brach seinen Blick ab und ließ sich auf seinen Platz zurücksinken. Sein melancholischer Schmollmund und der dünne Bart wirkten auf einmal ganz jungenhaft auf sie. Doch, er war auch zartgliedrig und schlank. Was er da in der Schlacht durchgemacht hatte, hatte ihn um zehn, zwanzig, dreißig Jahre älter gemacht.

»Wie ist der Krieg ausgebrochen, Sir?«

Er keckerte, ein hässliches Geräusch. »Der Anführer der Afghanen, Shere Ali, schloss mit einem russischen Herrn Freundschaft. Unsere Regierung befand, dass diese Freundschaft nicht im Interesse des Empire liege. Also marschierten einige tausend Mann, darunter ich, von Indien nach Afghanistan. Als wir den Peiwarpass erreichten, trat uns eine Armee von achtzehntausend Afghanen entgegen.«

»Großer Gott, Sir; was für eine schreckliche Niederlage Sie erlitten haben.«

Wieder lachte er. »Niederlage? Im Gegenteil: wir haben gesiegt. Das heißt, die Armee Ihrer Majestät hat gesiegt. Ich persönlich nicht. Wie Sie ja sehen können.«

Clara kaute auf der Oberlippe und merkte, wie sie den Boden unter den Füßen verlor.

»Das ist ja schrecklich, Sir. Wir sollten Ihnen alle, Sir, für diesen Sieg dankbar sein.«

Er durchstöberte seine Kleidung nach der Tabaksdose. »Es ist leider ein bisschen früh zum Feiern«, sagte er, während er eine weitere Zigarette drehte. »Der Krieg geht noch weiter.«

»Geht noch weiter, Sir?«

»Ich wurde in einer Schlacht verwundet. Der Krieg geht weiter. Erst vor einem Monat haben wir in einer verheerenden Niederlage in Maiwand Hunderte von Männern verloren.«

Clara sagte nichts. Wenn sie aus diesem Fiasko eine Lehre ziehen konnte, dann die, sich nie auf ein Gespräch einzulassen, in dem sie keine Aussicht hatte, sie selbst zu bleiben. Während Mr. Heaton rasch seine Zigarette fertigstellte, bebte Clara vor Ärger; sie wollte ihm irgendwie verständlich machen, dass auch sie gelitten hatte. Sie wollte ihm von ihrer ungerechten Entlassung erzählen und von den vielen Demütigungen, die ihr vorausgegangen waren, und den Beschimpfungen, die sie danach hätte ertragen müssen, und vor allem den Erniedrigungen, denen sie sich seitens dieser schweinischen, abstoßenden Kreaturen hatte unterziehen müssen, den Männern, die Huren gebrauchten. Sie hielt den Mund.

Vertraute Lichter glommen in der Ferne. Die Nacht war vollends hereingebrochen, und in der Kabine war es kühl geworden. Clara merkte auf einmal, dass ihre Hände noch immer nackt waren. Sie zog die Handschuhe aus ihrer Kleidtasche, wobei sie sehr darauf achtete, dass die Münzen darin nicht klimperten. Doch als sie den rechten Handschuh anziehen wollte, merkte sie, dass der Nagel ihres Mittelfingers das Hineingleiten mehr als üblich behinderte: Er war eingerissen und hatte nun die Form eines speziellen Schneidewerkzeugs. Anscheinend hatte sie den Rand der Rattengrube fester gepackt gehalten, als sie es in Erinnerung hatte.

Eine unerwartete Stimme – ihre eigene – meldete sich in dem Dunkel.

»Mein Nagel ist abgebrochen, Sir. Aber er ist noch immer recht lang. Und sehr scharf. Möchten Sie ihn fühlen, Sir?«

Sie hielt die Hand in den trüben Raum zwischen ihnen, und er nahm sie. Sie grub ihm den Fingernagel in den Handteller, um sein Potenzial zu demonstrieren.

»Soll ich, Sir?«

Er umschloss den Finger mit der Hand und hielt ihn sanft fest.

»Schon gut«, sagte er. »Nicht jetzt.«

Schokoladenherzen aus der Neuen Welt

Dr. James Curlews fachlicher Einschätzung zufolge hatte seine bedauernswerte Tochter im äußersten Falle noch fünf Jahre, bis alles vorbei war. Nicht ihr Leben, versteht sich, ihre Aussicht auf Heirat. Dieselben körperlichen Merkmale, die ihn zu einem so distinguierten Mann machten – hochgewachsen, lange Beine, Adlernase, schmales Gesicht, kräftiger Kiefer –, waren für ein Mädchen ein unheilvolles Erbe. Wenn sie rasch handelte, solange sie noch keine zwanzig war, bestand Hoffnung.

»Aber ich möchte doch gar nicht heiraten, Vater«, sagte sie zu ihm. »Es gibt schon genügend Verheiratete auf der Welt. Genügend Missionare gibt es dagegen nicht.«

»Dann aber«, scherzte er, »ist es furchtbar ungezogen von den Wilden in Afrika, sie immerzu aufzuessen, meinst du nicht?«

»Du sollst sie nicht Wilde nennen, Vater«, schalt Emmeline ihn ernst. »Genau wegen solcher Herabsetzungen haben wir noch immer die Sklaverei.«

Dr. Curlew spannte die Kiefer an – die, die er an seine schuldlose Tochter weitergegeben hatte – und gab sich die größte Mühe, nicht zu streiten. Groll zwischen ihm und Emmeline hätte seine Frau bekümmert, wenn sie noch gelebt hätte.

»Ich weiß nicht, warum du ›wir noch immer‹ sagst«, musste er denn doch anmerken. »Wir haben in England keine Sklaverei.«

»Wir müssen die gesamte Welt als unser Zuhause ansehen, Vater«, sagte Emmeline und wischte sich die Finger an der Frühstücksserviette ab. Fahles Sonnenlicht fiel durch das Salonfenster auf ihr Gesicht und den Oberkörper, ein kühler Schein, verstärkt noch durch das weiße Tischtuch und die verschneite Landschaft draußen. Das Geklimper von Pferdegeschirr – die umliegenden Geschäfte erhielten ihre Lieferungen – vermischte sich mit dem Bimmeln von Emmelines Löffel in ihrer Teetasse. »Wir leben in den 1850ern«, erinnerte sie ihren Vater, so als wäre die moderne Zeit gekommen, während er anderweitig beschäftigt war. »Jeder Ort auf der Erde ist durch das Netz unseres Empires verbunden. Ich habe Korrespondenten an noch so entlegenen Orten wie Kabul und New York.«

»Aha?« Das klang verheißungsvoll. Ohne den Blick von seiner Tochter zu nehmen, läutete er nach dem Hausmädchen, da der Raum nicht so warm war, wie er sein sollte. »Ob wohl einige dieser Korrespondenten männlichen Geschlechts sind?«

»Oh, die meisten, Vater«, grinste Emmeline. »Männer bedürfen, wie ich bemerkt habe, der Rettung viel dringender als Frauen.«

Wenn sie lächelte, war sie ganz einnehmend. Ihren Lippen eignete noch etwas von der kindlichen Rosenknospe, und in ihren Wangen waren Grübchen. Ihre

Augen waren hell, ihr Gesicht ungezeichnet, ihr Haar schimmerte. Fünf Jahre, im Höchstfall, würde sie sich diese Eigenschaften noch bewahren, dann würde der Lebenssaft allmählich aus ihr verrinnen, und ihr blieben nur noch die Adlernase und der Curlew-Kiefer. Überdies liefe die Arithmetik gegen sie; Freier fänden sie dann wohl zu alt. Emmeline mochte über die moderne Gesellschaft und darüber, dass sie sich zur Unkenntlichkeit verändert habe, plappern, wie sie wollte, manche Haltungen blieben einfach immer gleich.

Das Hausmädchen kam ins Zimmer getappt und erkannte sogleich, ohne dass man es ihr sagen musste, was da im Argen lag. Sie kniete sich vor dem Kamin nieder und fachte die Flammen an. Gold wert, das Mädchen.

Emmeline schrieb tatsächlich an zahlreiche mysteriöse Herren auf der ganzen Welt. Ihr Vater, neugierig geworden, redete mit Gertie, der neben ihren anderen Pflichten auch die Aufgabe oblag, zum Postkasten zu gehen und Miss Curlews Briefe einzuwerfen.

»Ja, Sir«, sagte das Hausmädchen. »Nie weniger als einer am Tag. Manchmal fünf oder sechs.«

»Immer an dieselbe Person?«

»Nein, Sir.«

»Antworten?«

»Zuweilen, Sir.«

»Aus … aus welchem Teil der Welt gewöhnlich?«

»Amerika, Sir.«

»Wie verlockend.«

»Ja, Sir.«

Nun war es aber so, dass die meisten Briefe, die Emmeline abschickte, ohne Antwort blieben. Sie versuchte, jeden Nachmittag wenigstens ein halbes Dutzend zu schreiben, aber manchmal wurde ihr das Handgelenk schwach, oder sie verspürte den Drang, spazieren zu gehen. Es wäre wirklich ein Segen für die Menschheit (zumal die Frauen!), wenn jemand einen Mechanismus erfände, mit dem man automatische Kopien von einer Seite Text machen kann. Dieses ganze Aufheben in den Zeitungen unlängst darüber, dass Mr. Sobrero Nitroglyzerin erfunden hatte! Wozu brauchte die Welt eine weitere Methode der Zerstörung, wo noch alle möglichen nützlichen Dinge ihrer Erfindung harrten. Gleichwohl schrieb sie einfach weiter. Es galt einen Krieg zu führen – ihren gerechten, sanften Krieg –, den Krieg gegen die Sklaverei.

Die Herren, denen sie schrieb, waren hauptsächlich in Louisiana, Missouri, Alabama, Mississippi, Tennessee, Kentucky, Arkansas, Georgia, Florida, den Virginias und den Carolinas beheimatet. Indem sie einen Standardtext mit einer Prise lokaler Besonderheiten modifizierte, die sie importierten Zeitungen und Zeitschriften entnahm, wandte sie sich an jeden Mann so gut informiert, wie sie nur konnte, und beschwor ihn, der Sklavenhalterei zu entsagen und zuzulassen, dass sein hartes Herz von der Liebe Christi durchdrungen werde. Sie zitierte Passagen aus der Heiligen Schrift. Sie zitierte Charles Dickens' *Aufzeichnungen aus Amerika*. Sie deutete an, sollte der Empfänger sich anregen lassen, zu widerrufen und seine Sklaven freizulassen, so werde es auf dieser Welt mindestens eine Person geben – Miss Emmeline Curlew –, die ihn als Helden verehre. Mut in moralischen Fragen, so schrieb sie, sei die männlichste aller Tugenden, und nur wenige Männer verfügten darüber.

Die meisten dieser Briefe verschwanden im Nichts. Ein kleiner Anteil provozierte Antworten, schmale Umschläge, die Wochen und Monate später eintrafen, Einzelblätter, getränkt mit böser Wut unterschiedlicher Stärke.

Ich wäre Ihnen verbunden, wenn Sie Ihr ignorantes und unverschämtes Gefasel für sich behielten, lautete eine.

Ist Ihnen schon einmal in den Sinn gekommen, Miss, hieß es in einer anderen, *dass die Kleidung, die Sie tragen, während Sie Ihr herrisches Schreiben abfassen, ihren Ursprung auf meinen Baumwollfeldern hat?*

Unser Postdienst, behauptete ein weiterer, *ist dem Ihren überlegen, doch könnte er es nicht lange bleiben, wenn er mit unverlangtem und boshaftem Geschwätz belastet wird.*

Einige Beklagte machten sich mehr Mühe, zitierten Passagen aus der Bibel, die die Sklaverei offenbar duldeten, und wünschten Miss Curlew mit zunehmendem Alter ein Maß an Weisheit und Toleranz, wie es andere Leute pflegten. Ein Mann in Port Hudson meinte, wenn sie nur eine halbe Stunde in Gesellschaft der Nigger verbringe, von denen sie so glühend spreche, würden die Rohlinge in ihr den Wunsch wecken, nie geboren worden zu sein, und sie dann wahrscheinlich ermorden. Einen Brief erhielt sie sogar von der Frau eines Plantagenbesitzers, die mit dem Höllenfeuer, gedungenen Mördern und wilden Hunden drohte, sollte das »verdammte englische Flittchen« es wagen, noch einmal zu schreiben.

Möge unser Herr Ihnen, schrieb Emmeline zurück, *Ihre*

unfreundlichen und, wenn ich das sagen darf, blasphemischen Worte vergeben …

Eines Tages traf ein höchst ungewöhnliches Poststück ein. Der Großteil der Curlew'schen Post wurde entweder morgens mit der ersten Auslieferung oder am Abend mit der letzten gebracht. Dieses Stück kam am Mittag, als Emmeline und ihrem Vater gerade das Essen aufgetragen wurde. Es war eine hübsch eingepackte Schachtel, auf welche der Absender ein geringfügig unzureichendes Porto geklebt hatte. Dr. Curlew hatte dem Postboten neun Pence bezahlen müssen, und seine Stirn war kraus, als er das Paket in den Salon trug. Er kannte niemanden in Chickamauga, Georgia.

»Für dich«, sagte er und reichte es seiner Tochter.

Emmeline legte sich das Päckchen in den Rockschoß und wandte sich wieder der kalten Galantine auf ihrem Teller zu. Sie schnitt eine weitere Scheibe ab und führte sie zum Mund, wobei ihr großer Kiefer abwärts schwang.

»Möchtest du nicht nachsehen, was es ist?«, sagte Dr. Curlew.

Das Mädchen kaute, schluckte. »Natürlich bin ich neugierig.«

»Ich auch. Wäre es sehr vermessen, dich zu bitten, es gleich zu öffnen?«

»Allerdings, Vater«, lächelte Emmeline, »aber ich verzeihe dir.« Und sie stellte das Päckchen auf den Tisch und riss die Schichten braunes Papier ab. Darin waren ein Brief, eine Fotografie und ein Kästchen Schokolade. Brief und Fotografie legte Emmeline ungeprüft hinter die Teekanne. Die Schokolade öffnete sie, damit ihr Vater sie begutachten konnte.

»Sehr fein«, bemerkte er und zog unter den gepuderten Papiernäpfchen mit dem dunklen, verschwenderisch riechenden Konfekt einen Zettel hervor, auf dem die verschiedenen Sorten aufgeführt waren. Selbst der Zettel war mit einem köstlichen Aroma imprägniert, und er schnüffelte kurz daran, bevor er seinen Inhalt studierte. Begriffe wie »delikat«, »exotisch«, »erlesen« und »köstlich« kehrten immer wieder.

»Wer ist dieser Herr?«, erkundigte sich Dr. Curlew und legte das Papier auf die schimmernde Vielfalt von Pralinen und Karamellen.

Emmeline griff nach dem Brief und las stirnrunzelnd die Unterschrift.

»Ich weiß nicht recht«, sagte sie. »Es sind doch so viele. Ich habe wohl irgendwo einen Artikel über ihn gelesen.«

»Die Fotografie – ist er das?«

Emmeline nahm das dicke Papprechteck.

»Vermutlich. Ich kann mich nicht erinnern, das Gesicht schon einmal gesehen zu haben.« Nach kurzem Zögern reichte sie die Fotografie ihrem Vater. Er musterte sie genauso wie zuvor den duftenden Zettel.

»Ansehnlicher Bursche«, räumte er ein. »Aufrechte Haltung, breite Schultern. Fester Kiefer. Gesund, nehme ich an. Seine Hose könnte mal wieder gebügelt werden. Aber kein schlechtes Exemplar.« Dr. Curlew beließ seinen Ton so ruhig und beiläufig, wie er konnte, in Wahrheit aber stellte er sich schon die Frucht dieser Verbindung vor. Ein Enkel, vielleicht sogar zwei. Prächtige, robuste Knaben, die ihn mit einem barbarischen Akzent Opa nannten.

»Eine erstaunlich … liebenswürdige Geste von ihm, dir diese Schokolade zu schicken«, bemerkte er.

Emmelines tintenbekleckste Hand zeigte über den Tisch. »Bediene dich doch, Vater.«

»Danke, gern.« Und er steckte sich eine mit Haselnusssplittern überzogene Kugel in den Mund und ließ sie am Gaumen schmelzen, während seine Tochter schweigend den Brief las.

Sehr geehrte Miss Curlew,
vielen Dank für Ihren Brief. Darf ich sagen, dass Sie eine äußerst elegante Handschrift haben? Eine schöne Abwechslung von denen, welche von den Damen hierzulande produziert werden. Besonders Ihre Unterschrift veranlasste mich, darüber zu verweilen und ihre Verbindung aus Einfachheit, Selbstvertrauen & Anmut zu bewundern. Weniger vornehme Frauen meinen, ein Paroxismus aus kaligraphischen Schwüngen lasse sie selbst arrogant wirken. Es bedarf einer Unterschrift wie der Ihren, um die Kluft zwischen dem Echten & seinen Nachahmungen deutlich zu machen.

Doch Sie werden ungehalten über diese Schmeicheleien sein (wie ehrlich sie auch gemeint sind). Sie werden wissen wollen, was ich von Ihrem Rat an mich gehalten habe. Sie hoffen vielleicht auf Nachricht, dass ich meinen Sklaven die Freiheit gegeben & mich Christus verschrieben habe. Bei Letzterem kann ich Sie versichern; ich liebe unseren Herrn, wie ein anständiger, unvollkommener Mann es nur vermag. Die Passagen, die Sie aus der Heiligen Schrift zitiert haben, sind mir natürlich wohlbekannt, ebenso wie andere, die einen anderen Standpunkt einnehmen.

Was meine Sklaven betrifft, so sind sie schon frei. Das heißt, ich lasse ihnen so viel Freiheit, wie die Vernunft es gestattet, & sorge für sie so gewissenhaft, wie ich es für meine Kinder täte (die ich bedauerlicherweise nicht habe). Meine

Sklaven sind zufrieden und gesund; ihre Pflichten sind nicht beschwerlich. Das Klima in Georgia ist gesünder, als Sie es vielleicht in England gewöhnt sind, und die Feldfrüchte wachsen ohne viel Zutun, reifen in der herrlichen Sonne, welche Gott auf mein bescheidenes Gut scheinen lässt. Während ich diese Zeilen niederschreibe, spielt Perry, einer meiner Feldarbeiter, mit Shakespeare, meinem Hund. Das tut er nicht, weil er dazu verpflichtet ist, sondern weil er Shakespeare mag und weil er, wenn Sie mir meinen Stolz nachsehen wollen, auch seinem Herrn zugetan ist. Ja, sollte die Sklaverei jemals abgeschafft werden – was ich befürchte, wenn die schrillen Stimmen in unseren nördlichen Staaten ihr Gebrüll durch kriegerische Handlungen ersetzen –, so bin ich um meinen armen Perry in Sorge. Er ist ein vertrauensvolles & sanftes Wesen, und wenn er gezwungen ist, in dieser grausamen Welt seinen eigenen Weg zu gehen, und kaum ein Dach über dem Kopf hat, so wird er wohl ein düsteres Schicksal erleiden.

Ich erwarte nicht, dass diese wenigen Worte Sie von der Rechtschaffenheit meiner Lebensform überzeugen. Ich bedaure, dass Sie meine Heimat nicht besuchen & sich Ihr eigenes Urteil bilden können. Ich kann nur hoffen, dass Sie, würden Sie durch ein Wunder als mein hoch geschätzter Gast hierhergebracht, diesen Ort als glücklich & angenehm erachten, dem es einzig an dem Liebreiz ermangelt, den eine Herrin hätte schaffen können, wäre meine Verlobte mir nicht unter tragischen Umständen genommen worden.

Ich kann Sie versichern, dass Georgia, weit entfernt, das Treibhaus von Rohheit und Elend zu sein, als das Sie es sich vielleicht vorstellen, wirklich ein recht zivilisiertes Land ist. Es gibt hier sogar ein Schokoladengeschäft, wie Sie zweifellos schon entdeckt haben. Ich entbiete Ihnen diese süßen Nichtigkeiten als Zeichen meiner Dankbarkeit für Ihr Interesse an meiner Seele. Ein klägliches Geschenk, ich weiß; manche mögen sagen, ein impertinentes. Doch da Sie schon eine Bibel haben, das kostbarste Geschenk, das jeder von uns besitzen kann, ist die Vorstellung schwierig, was Sie sonst möglicherweise brauchen könnten. Schokolade kann wenigstens Freude bereiten, & wenn Sie sie nicht essen, können Sie sie immer noch Ihren Eltern geben.

Mit meinen herzlichsten, besten Wünschen.

Emmeline blickte von ihrer Lektüre auf.

»Nun?«, sagte ihr Vater. »Was hältst du von dem Burschen?«

Emmeline faltete den Brief mit ihren kräftigen Fingern zusammen und klemmte ihn unter die Untertasse. Dann blickte sie, die Augen halb geschlossen, an ihrem Vater vorbei auf das mit Schnee überzogene Fenster. Die grauen Reihenhäuser von Bayswater, die eisernen Lampenmasten und die leichenwagenartigen Karren hatten für sie etwas an Solidität verloren; sie waren halb durchsichtige, vage Erscheinungen in einem monochromen Kaleidoskop.

»Er weiß nicht, wie man ›Paroxysmus‹ und ›kalligraphisch‹ schreibt«, bemerkte sie mit ferner Stimme. Ihr Blick ging in immer größere Ferne. Sie stellte sich die üppigen Felder Georgias vor, endlose Morgen Fruchtbarkeit. Der Besitz ihres Mannes war ein riesiges Beet aus weichem Grün, von reifer Baumwolle belebt, eine zutiefst rätselhafte Substanz, die sie sich schneeweißem Mohn ähnlich dachte. Und da stand er selbst inmitten dieser Felder, die Hände in den Hüften, die Silhouette vor dem wolkenlosen Himmel, und seine Konturen flimmerten in der Hitze. Ein ekstatischer Hund rannte zu ihm hin, sprang ihm an die Brust, leckte ihm den Hals, und er schlug lachend die Arme um ihn. Ganz links, im Winkel ihres inneren Auges, stand eine dunkle Gestalt, ein Neger von unheimlicher Ähnlichkeit mit einer Illustration aus *Dred: A Tale of the Great Dismal Swamp*, einem der zahlreichen Romane Harriet Beecher Stowes in Emmelines Bücherschrank. »Dennoch«, setzte sie hinzu, »er hält Sklaven.«

Dr. Curlew schnaubte missbilligend. »Hast du ihm nur aus diesem Grund geschrieben?«

Emmeline blinzelte, löste ihren Blick vom Fenster, kehrte nach England zurück.

»Nimm noch eine Schokolade, Vater«, sagte sie.

»Ob du ihm wohl wieder schreibst?«, fragte Dr. Curlew. »Oder ist er unrettbar verloren?«

Emmeline senkte errötend den Kopf und lächelte fein.

»Niemand ist unrettbar verloren«, erwiderte sie und nahm Brief und Fotografie. Gerties stumme Gestalt stand in der Tür und wartete auf die Erlaubnis, den Tisch abzuräumen. Das Mittagessen zog sich schon zu lange hin; Dr. Curlew musste seine Patienten besuchen, und Miss Curlew musste sich auf ihr Zimmer zurückziehen, stets ihr Lieblingsort fürs Briefeschreiben.

Die Fliege und ihre Wirkung auf Mr. Bodley

Mrs. Tremain öffnet die Tür ihres Hauses in Fitzrovia und sieht sich einem förmlich gekleideten, etwas verzweifelt dreinschauenden Mann gegenüber, der auf ihrer Schwelle steht. Das ist an sich nichts Ungewöhnliches, wenngleich elf Uhr morgens recht früh für den ersten Kunden ist. Die meisten Männer, die es vor Mittag nach einer Hure gelüstet, suchen sich eine auf der Straße und erledigen ihr Geschäft in einer Seitengasse, zumal an solchen linden Sommertagen, an denen sich wahrscheinlich keiner eine Erkältung holt. Erst abends, wenn die Herren in ihren Clubs Portwein getrunken und Pornografie gelesen haben und ihnen nach einem ausgiebigen Mahl der Sinn nach Zigarren und Fellatio steht, wird es in Mrs. Tremains Haus lebendig.

»Mr. Bodley!«, ruft sie erfreut aus. »Aber wo ist denn Mr. Ashwell?«

Wie die besten Prostituierten Londons alle wissen, sind Mr. Bodley und Mr. Ashwell unzertrennlich. Nicht in dem Sinne, dass sie Sodomiten wären, denn sie marschieren ganz gern in verschiedene Zimmer, wenn es mit einer passenden Begleiterin versehen worden ist.

Aber sie sind dicke Freunde. Sie beraten sich in allem, darunter die Wahl des Bordells, die Wahl des Weins, die Wahl des Mädchens, und hinterher vergleichen sie ihre Ergebnisse.

»Ashwell wird wohl noch schlafen«, brummelt Mr. Bodley. »Wie jeder Lebemann, der etwas auf sich hält, es um diese Tageszeit tun sollte.«

»Manche sind eben Frühaufsteher, Mr. Bodley«, sagt Mrs. Tremain und bedeutet ihrem Gast, einzutreten. »Sie werden feststellen, dass die Hälfte der Mädchen Ihnen sofort zur Verfügung steht und alle bis auf eine binnen einer halben Stunde, wenn Sie so lange warten mögen.«

»Warten?«, sagt Mr. Bodley bekümmert. »Ich kann nicht ewig warten. Ich hätte gar nicht kommen sollen. Ich sollte zu Hause im Bett sein. Ich sollte im Grab liegen. Meine Hurentage sind vorüber.«

»Oh, sagen Sie das nicht, Sir. Kommen Sie, sehen Sie sich an, was wir für Sie haben.«

Mrs. Tremain geleitet ihn in den Salon, wo zwei junge Damen auf dem Fußboden sitzen, barfuß, nur im Unterkleid. Ihre weißen Petticoats umfließen sie, berühren sich am Saum. Ihre Korsette sind gelöst, hängen von ihren nackten Schultern herab, die losen Spangen blitzen. Die Haare sind aufgesteckt, aber ungepflegt. Sie riechen nach schalem Parfüm, Seife und Erdbeeren (ein rotfleckiges Körbchen, leer, liegt hingeworfen in einer Ecke, was auf die Herkunft ihres Frühstücks, den Straßenmarkt, verweist).

Mädchen Nummer eins ist ein blasses, sommersprossiges Ding, das Bodley, wie er sich vage erinnert, schon einmal gekostet hatte. Mädchen Nummer zwei ist ihm völlig unbekannt, eine dunkeläugige Asiatin mit schimmernden schwarzen Haaren.

»Mr. Bodley, darf ich Ihnen unsere Neueste vorstellen«, sagt Mrs. Tremain. »Sie ist von der Straße von Malakka. Sie heißt Pang oder Ping oder so ähnlich, aber wir nennen sie Lily. Lily, steh auf und begrüße den Herrn.«

Von Mädchen Nummer eins am Ellbogen gestützt, rappelt Lily sich auf und macht einen Knicks. Sie ist wohl keine fünf Fuß groß, aber sehr schön.

»Ficken, Sir. Ficken«, sagt sie fröhlich.

»Wir bringen ihr unsere Sprache bei, Sir«, sagt Mädchen Nummer eins, »und wir fangen mit dem Wesentlichen an.«

Lily macht noch einen Knicks. »Ficki-ficki, Sir. Ficki-ficki-fick.«

»Reizend«, sagt Mr. Bodley.

»Ficki-fick micki-mick pick.«

Mädchen Nummer eins grient und zieht Lily am Rock, bedeutet ihr, sich wieder zu setzen. »Wir hatten noch nicht die Zeit, ihr viel beizubringen, Sir. Aber sie ist mächtig willig.«

Mr. Bodley nickt, wendet dann das starre, angespannte Gesicht mit theatralischer Gebärde dem mit schweren Gardinen behangenen Fenster zu.

»Die Willigkeit reizvoller Mädchen, das Neue fremden Fleischs, der Duft von Erdbeeren – nichts davon bedeutet mir noch etwas.«

»O je«, sagt Mrs. Tremain. »Ist es so schlimm?«

»Schlimmer, viel schlimmer«, seufzt Mr. Bodley, platziert sein Gesäß auf die Armlehne einer Chaiselongue und stützt die Hände auf die Knie. Untröstlich starrt er auf den Perserteppich unter seinen polierten Schuhen.

»In diesem Haus wurde die Kerzenflamme meiner Männlichkeit gelöscht.«

Mrs. Tremain holt tief Luft, leckt sich die Lippen und rückt heraus damit.

»Sie müssen sich doch gewiss nicht über uns beschweren, Sir?«

»Beschweren?«, sagt Bodley. »Nein, nein, Madam. Ich habe Ihr Haus stets als im höchsten Maße gastlich erlebt. Obgleich …« (er blickt wieder auf die Fenstergardinen, das Gesicht stoisch vor Kummer) »das letzte Mal, als ich hier Ihre Gastlichkeit in Anspruch nahm, etwas Unglückseliges geschehen ist. Welchen Einfluss das auf meinen gegenwärtigen Zustand der Verzweiflung hat, vermag ich nicht genau zu sagen.«

»Verzweiflung? Oh, bitte nicht, Sir: Das höre ich aber gar nicht gern. Nicht von einem so geschätzten Gast wie Ihnen. Sie hatten doch hoffentlich nicht Bella?«

»Warum? Gibt es mit Bella ein Problem?«

»Nicht mehr, Sir. Sie ist weg.«

»Ich glaube, Bella hatte ich nie.«

»Das ist gut, Sir.«

»Obwohl … was wäre denn dann geschehen?«

»Nichts Widriges, Sir. Wir nehmen hier nur die besten, die freundlichsten, die gesündesten und wunderbarsten Mädchen, Sir. Bis sie es nicht mehr sind. Dann müssen sie anderswohin.«

Mädchen Nummer eins überprüft ihre Fingernägel. Lily beugt sich hin, um zu sehen, was so Besonderes daran ist.

»Ich glaube, ich hatte Minnie«, sagt Mr. Bodley, und seine Stirn furcht sich von der Anstrengung, sich den Namen in Erinnerung zu rufen.

»Sie ist vorbildlich, Sir«, versichert Mrs. Tremain. »Nichts an ihr ist weniger denn vollendet.«

»Durchaus, durchaus. Nur, ich konnte nicht umhin zu bemerken ... als sie vor mir auf Händen und Knien kauerte, das Kleid hochgezogen, um Arschloch und Fotze zu entblößen, da wir uns noch nicht festgelegt hatten, welches der beiden ich wählen sollte ...«

»Ja?«

»Da ließ sich eine Fliege auf ihrer linken Pobacke nieder.«

»Eine Fliege, Sir?«

»Eine gewöhnliche Fliege. Eine Fliege, wie man sie um einen Obstkarren auf der Straße herumsurren sieht.«

Mrs. Tremain blinzelt langsam. Die Temperatur im Zimmer steigt sachte mit dem Vorrücken des Tages.

»Nun, Sir, es ist eben Sommer«, erinnert sie ihren Gast. »Da sind Millionen von Fliegen unterwegs. Ist es da so ein Wunder, dass eine davon in unser Haus gelangt ist?«

»Nein, keineswegs.«

»Wir führen ein sauberes Haus, Sir. Ich möchte wetten, der Palast der Königin ist nicht sauberer. Aber es muss immer gelüftet sein, Sir. Das gehört zur Gesundheit: Lüftung. Und wo ein Fenster offen steht, kommt auch mal eine Fliege herein. Und erdreistet sich auch einmal, sich auf dem Gesäß eines Mädchens niederzulassen.«

»Versteht sich, Madam. Ich will auch gar nicht kritisieren ...«

»Die Fliege ist doch hoffentlich nicht an eine Stelle gekrabbelt, wo sie nichts zu suchen hat? Ich meine, an eine, wo sie eventuell zwischen Sie und Ihr Vergnügen trat?«

»Nein, nein, nein. Sie flog davon, als ich mich näherte. Minnie und ich waren bald vereinigt. Ich war vollkommen zufrieden und zahlte ihr sogar einen Zuschlag.«

»Und dennoch sind Sie heute verzweifelt?«

Mr. Bodley umfasst sich mit den Armen und neigt den Kopf gedankenschwer zur Seite.

»Ich habe nachgedacht, Madam. Über die Fliege. Über Fliegen generell. Fliegen ernähren sich von Fauligem. Sie legen darin ihre Eier ab. Die Maden, die uns zersetzen, wenn wir tot sind, wurden von Fliegen gelegt.«

»Ich versichere Ihnen, Sir, Minnie ist überaus lebendig. Sie nimmt gerade ein Bad, aber wenn Sie ihr eine Viertelstunde geben wollen, wird sie Ihnen gewiss demonstrieren können, dass sie gesund und munter und völlig madenfrei ist.«

»Ja, aber genau das ist es ja, verstehen Sie nicht? Wir leben nur für einen flüchtigen Augenblick. Millionen haben vor uns gelebt und sind gestorben, Millionen werden nach uns kommen, und wozu?«

Mrs. Tremains Schultern sacken sichtbar, trotz der Puffärmel ihres Kleids. Es ist Vormittag, fünf nach elf, viel zu früh, um die anhaltende Sinnkrise des Libertins zu lösen.

»Ich bin eine Händlerin der Lust, Sir, keine Geistliche. Ich kann Ihnen indes versichern, dass wir hier zahlreiche Geistliche zu Gast haben. Ein Mann kann nur eine gewisse Zeit über den Tod nachsinnen, dann bekommt er Appetit auf andere Dinge.«

»Nun, mir ist der Appetit jedenfalls vergangen. Vollkommen.«

Mrs. Tremain betrachtet Mr. Bodley einige Sekunden, taxiert ihn. Dann deutet sie auf Lily und sagt:

»Würden Sie einige Minuten mit Lily erwägen, Sir, kostenfrei? Sollte es ihr nicht gelingen, Ihr … Ihr Kerzenlicht zu entzünden, dann werden wir wissen, wie ernst das Problem ist. Sollten Sie – und ich bin mir sicher, dass es geschehen wird – zur Tat beflügelt werden, wird der Preis dennoch angemessen sein. Schließlich ist Lily unerfahren.«

»Ficki fick fick«, meldet sich Lily.

»Nein, nein, das geht wirklich nicht«, stöhnt Mr. Bodley. »Was hätte das für einen Sinn? Selbst wenn mein Fleisch entsprechend seiner animalischen Anlage reagieren sollte? Ich bin ein normaler, robuster Mann, dies Mädchen hat Lippen und Zunge und alles, was dazugehört. Es gibt keine Behinderungen unserer fleischlichen Fähigkeiten. Bis auf deren schiere Sinnlosigkeit, Madam. Ich habe diesen Akt schon tausendfach vollzogen.«

»Wie auch *wir*, Sir«, erinnert ihn Mrs. Tremain, doch er ist in seinem Lamento versunken.

»Tausende von Kopulationen. Tausendfache Wiederholungen derselben Bewegungen. Hals und Wangen gestreichelt. Die Brüste entblößt. Das Hinterteil entkleidet. Anwendungen, um die Gleitfähigkeit der Fotze zu gewährleisten; Anwendungen, um die Härte des Schwanzes zu gewährleisten. Stets dieselbe Abfolge von Enttäuschung, Verhandlung, Erwartung, Ergebung, dann, ach …«

»Entladung? Verzückung?«

»Linderung.«

Mrs. Tremain schnieft. »Sie sind ein Idealist, Sir, und Ihr Idealismus macht Sie elend. Die meisten vermögen Freude in immer wiederkehrenden Annehmlichkeiten zu finden. Wie essen, schlafen …«

Mr. Bodley schnaubt gereizt. »Ich habe in der letzten Zeit verdammt wenig geschlafen.«

»Ah: da könnte das Problem liegen, Sir«, bemerkt Mrs. Tremain, plötzlich beseelt. »Schlaf ist wesentlich für die Gesundheit des Geistes. Ich sorge dafür, dass alle meine Mädchen jede Nacht genügend Schlaf bekommen. Sonst würden sie bestimmt verrückt werden. Was womöglich gerade Ihnen widerfährt, Sir, wenn ich mir die Bemerkung erlauben darf.«

»Nein, ich habe nur tief in den Abgrund menschlicher Vergeblichkeit geblickt …«

»Wie haben Sie die letzte Nacht verbracht, wenn ich fragen darf, Sir?«

Mr. Bodley reagiert, als habe ihn gerade jemand in die Nase gekniffen.

»Letzte Nacht? Ähm … die habe ich mit Ashwell verbracht. Wir waren bei einem Rattenkampf in Whitechapel, da hat man uns beinahe umgebracht. Dann suchten wir uns einen Ort zum Trinken und tranken. Dann ging die Sonne auf, und ich fuhr mit der Droschke nach Hause. Ich döste vielleicht eine Stunde in meinem Vestibül. Dann kam eine Ladung Briefe durch den Briefschlitz in meiner Haustür geflogen und fiel mir aufs Gesicht.«

»Und die Nacht davor?«

Mr. Bodley legt von der Anstrengung, so weit in die Geschichte zurückzugehen, die Stirn in Falten.

»Da war ich wieder mit Ashwell unterwegs. Wir waren bei Mrs. Foscoe's in der Brompton Road. Ashwell hatte versprochen, zwei unserer alten Lehrer aus Cambridge würden kommen und sich peitschen lassen. Sie kamen nicht, aber dann mussten wir uns peitschen lassen, während wir warteten; es nicht zu tun wäre unhöflich gewesen. Dann erlitt ich ein kleines Missgeschick, das sofortiger Behandlung bedurfte. Ashwell sagte, er kenne einen Arzt, ein guter Freund von ihm, in Beaufort Gardens. Doch wir waren so betrunken und landeten schließlich im Hyde Park, wo ich in die Serpentine fiel, als ich mich waschen wollte. Dann ... äh ... meine Erinnerung ist so verschwommen. Etwas mit Pferden, glaube ich, und einem Polizisten.«

»Dann haben Sie wohl am Tag überwiegend geschlafen, Sir?«

»Kaum ein Auge zugetan. Ich musste zu meinem Vater, um gewisse Dinge zu erklären, die sich aus einem meiner Verlagsgeschäfte ergeben. Zudem haben sich die Leute über mir einen Hund angeschafft, einen sehr streitlustigen Hund, dem die Kehle durchzuschneiden ich noch nicht die Zeit gefunden habe.«

»Ich verstehe«, sagt Mrs. Tremain. Und da fällt ihr auch auf, dass die Augen ihres Gastes blutunterlaufen sind und ihm die Hände zittern.

»Aber das sind Kleinigkeiten«, ächzt Mr. Bodley. »Bloßes Treibgut auf dem weiten Ozean sinnlosen Strebens. Alle menschlichen Befriedigungen sind mir abhanden gekommen.«

»Sicher haben Sie sie nur verlegt, Sir«, sagt Mrs. Tremain in ihrem besänftigendsten, mütterlichsten Ton. »Schlaf ist das Wichtigste, glaube ich. Sie sind müde, furchtbar müde, Sir, das sehe ich jetzt. Möchten Sie sich nicht gern in einem unserer Gästebetten niederlegen? Wir würden Ihnen kaum etwas berechnen, Sir. Eine Nacht Schlaf für den Preis eines Glases guten Weins.«

Mr. Bodley stiert sie verständnislos an. Seine Unterlippe schwillt, was ihm das Aussehen eines sechsjährigen Jungen verleiht.

»Ich habe gar kein Nachthemd dabei«, protestiert er matt.

»Schlafen Sie nackt, Sir. Unsere Betten sind warm, und es ist Sommer.«

»Ohne Nachthemd kann ich nicht schlafen«, sagt Bodley und bedeckt die Augen mit zitternden Händen. »Das ist unnatürlich.«

»Wie Sie meinen, Sir.« Mrs. Tremain macht Mädchen Nummer eins ein Zeichen, eine komplexe Pantomime mit Handgelenk und Fingern. Mädchen Nummer eins springt auf und eilt aus dem Raum, um gleich darauf mit einem weißen Nachthemd zurückzukehren.

»Ach, nein, wirklich!«, protestiert Mr. Bodley, als das Frauengewand vor ihm entfaltet wird.

»Wenn Sie schlafen, Sir, merken Sie gar keinen Unterschied. Auf einem wohlig-weichen Kissen, Sir, in einem abgedunkelten Zimmer, in einem Haus voller sehnsuchtsvoller Frauen und ohne Hunde.«

Mr. Bodley hat selbst eine gewisse Ähnlichkeit mit einem Hund, wie er so hoffnungsvoll auf seine Herrin blickt. Bevor die Scham ihn überwältigen kann, greift er nach dem Nachthemd und drückt es an die Brust.

»Bring Mr. Bodley zu Bett, Liebes«, sagt Mrs. Tremain zu Mädchen Nummer eins.

Mr. Bodley wankt, geführt von dem Mädchen, dessen Name ihm noch immer nicht einfällt und dessen Nachthemd er gleich tragen wird, zur Treppe. »Verbindlichsten Dank«, murmelt er. »Aber ich schlafe ohne Begleitung, haben wir uns verstanden? Das Bett dient ausschließlich diesem Zweck. Ja?«

»Ja, Sir«, sagt Mädchen Nummer eins.

»Ficki-ficki Bett-schlafen, Sir«, sagt Lily.

»Guten Morgen, Sir«, sagt Mrs. Tremain.

»Gute Nacht, die Damen«, sagt Mr. Bodley. »Ihr reizenden Damen, gute Nacht.«

Der Apfel

In Mrs. Castaways Bordell wird Sugar zu einer Stunde, in der anständige Menschen schon wach und auf den Beinen sind, vom Klang einer drängenden Stimme aus dem Tiefschlaf gerissen. Sie ist Gott sei Dank nicht bei ihr im Zimmer. Sie kommt von unten, von den Kutscherhäuschen hinterm Haus, wo sich für gewöhnlich nur Pferde, Trunkenbolde und Tagediebe aufhalten. Die Stimme singt, bringt ihr ein Ständchen, genau unter ihrem Fenster.

Zum Teufel mit dir, denkt Sugar und legt sich ein Kissen über den Kopf.

Die Stimme singt weiter. Es ist nicht die Stimme des Mannes, der letzte Nacht das Bett mit ihr geteilt hat. Der liegt in seinem eigenen trunkenen Schlummer meilenweit entfernt von hier, geborgen in seinem ehrbaren, duftenden Familienheim. Nein, es ist eine Frauenstimme, rechtschaffen tönend.

»*Trüb und freudlos ist der Morgen*
Unbegleitet so von dir ...«

Sugar stöhnt. Der Morgen ist mitnichten so trüb, wie sie ihn gern hätte: Sonnenlicht strömt durch die Fensterscheibe und reißt sie aus ihrer süßen Entrückung. Das

Kissen über ihrem Kopf ist überhaupt nicht hilfreich, auch der zusätzliche Bausch ihrer weichen Haare ändert nichts daran. Schlimmer noch, der Kissenbezug stinkt grässlich nach Männerhaaröl, obwohl sie ihren letzten Kunden schon vor sechzehn Stunden fortgeschickt hat; wenn sie das Kissen fester gegen ihr Gesicht drückt, erstickt sie noch. Und noch immer dringt der Gesang durch, von der Baumwolle und den Federn nur leicht gedämpft.

»O glücklich Haus! gesegneter Palast!
Wo Christus aufgenommen wird
Als bestgeschätzter Gast
Mit Liebe, redlich, unbeirrt.«

Sugar stößt das Kissen fort und blinzelt in den goldenen Schein. Ein Prediger! Noch dazu eine Frau! Hier in der Silver Street in Soho! Ist diese Frau dümmer als die meisten anderen oder schlauer? Von Christus zu singen, der mit selbstloser Liebe empfangen wird, und das vor einem Bordell – das ist ja wohl der reinste Sarkasmus! So unschuldig konnte niemand sein.

Auf wackligen Beinen (denn vergangene Nacht hatte sie Wein getrunken) wankt Sugar zum Fenster und schaut aus ihrer Höhe im obersten Stock auf die Gasse hinab. Ihre Peinigerin ist eine dicke Matrone mit einer schwarzen Haube auf dem Kopf, bei ihr ein unglücklich wirkendes Kind, das schwer an einem Korb voller Flugschriften trägt: zwei dunkle Kleckse auf dem hell beschienenen Pflaster.

»Lenk den Blick zum Himmelsschein,
Schau dich um nach gutem Dienst;
Verharre nicht in Träumrei'n;
Arbeit ist der süßeste Gewinst!«

Sugar steht fröstelnd am Fenster. Es ist Frühling, aber eigentlich nicht warm. Trotz der strahlenden Sonne hat die Luft einen winterlichen Biss. Sugar hat die ganze Nacht in Kleidern geschlafen, und ihr Schweiß kühlt nun ab, weswegen ihr ist, als sei sie gerade aus dem Bad gestiegen und in ein unangenehm feuchtes Badetuch gehüllt. Sie umklammert sich und reibt sich die schmalen Arme energisch mit den Händen.

Die Missionarin auf der Straße spürt die Bewegung über ihrem Kopf und schaut hinauf, doch Sugar tritt sogleich zurück. Ihren Kunden stellt sie jedes Detail ihres nackten Körpers zur Schau, Leute auf der Straße hingegen dürfen sie außerhalb ihrer Arbeitszeiten nicht begaffen. Sollen sie doch bezahlen, wenn sie was sehen wollen.

Die Menschenfreundin singt lauter, wittert Publikum; ihre Stimme bricht beinahe von der Wucht ihrer Darbietung, als sie ein neues Lied zu Mrs. Castaways Obergeschoss hinaufschleudert.

»*Hab ich lang in Sünd' gelegen,*
O vergib mir, rette mich!
Herr! Ich sehn herbei dein' Segen
Lass dein' Gnade fall'n auf mich!«

Fall'n auf mich? Sugar überlegt kurz, ob sie einen Handschuh anziehen, ein Stück Scheiße aus ihrem Nachttopf fischen und ihn dieser jaulenden Kuh auf den Kopf werfen soll – *da* hast du dann Gottes Gnade! Aber sie würde wahrscheinlich vorbeizielen und für nichts einen Handschuh ruinieren. Und ohnehin gäbe es keine Garantie, dass die Singerei aufhören würde; diese christlichen Apostel können hartnäckig wie läufige Hündinnen sein. Besser, sich auf eigene Dinge zu besinnen.

Sie legt sich wieder ins Bett, noch immer voll bekleidet, und schlägt sich das Bettlaken wie einen Schal um die knochigen Schultern. Gähnt wie eine Katze. Während des Gähnens ist das Geräusch der Predigerin ausgesperrt, versunken in dem Bluttumult in ihren Ohren. Könnte sie nur eine halbe Stunde am Stück gähnen, dann würde die Frau vor ihrem Fenster sicher heiser werden und nach Hause gehen.

Neben Sugars Bett steht ein Stapel Bücher und Zeitschriften. Trollopes *He Knew He Was Right*, in Buchform gesammelt, liegt obenauf, aber das liest sie nicht mehr weiter: Sie weiß schon, wie das weitergeht. Der Anfang war gar nicht so schlecht, aber jetzt hat er eine willensstarke Frau eingeführt, die er offenkundig verabscheut, also wird er sie bis zum Ende der Geschichte wahrscheinlich demütigen oder umbringen. Und Trollopes neueste Serie *The Way We Live Now* hat sie auch satt – davon kauft sie keine weiteren Folgen, das geht ja endlos so weiter, und sie hat schon genug Geld darauf verschwendet. Wirklich, sie weiß nicht, warum sie so an Trollope festhält; er mag ja erfrischend unsentimental sein, aber er tut immer so, als halte er es mit den Frauen, und lässt dann doch die Männer gewinnen. Das machen sie alle, diese Schriftsteller, Männer wie Frauen: ein abgekartetes Spiel. Und die neueste Mrs. Riddell ist noch schlimmer als sonst, und seit Monaten hat es im *London Journal* keine erträgliche Serie gegeben, nur Müll über Gespenster und gefälschte Testamente. In jeder Geschichte, die sie liest, sind die Frauen schlaff und ohne Rückgrat und unerträglich tugendsam. Sie nähren keinen Hass, sie denken nur an die Ehe, unterhalb des Halses existieren sie nicht, sie essen, ohne je zu scheißen. Wo sind in der modernen englischen Literatur die authentischen Frauen aus Fleisch und Blut? Es gibt sie nicht!

Sie dreht sich von dem Stapel Bücher und Zeitschriften weg. Es war dumm von ihr, sie überhaupt zu kaufen. (Na gut, ein paar hat sie auch gestohlen.) Welchen Sinn hat es, anderer Leute Geschichten zu lesen? Sie sollte ihre eigenen schreiben. Lesen ist seinem Wesen nach das Eingeständnis einer Niederlage, ein Ritual der Selbsterniedrigung: Es zeigt, dass man glaubt, anderer Leute Leben sei interessanter als das eigene. Mit einem Mal wünscht sich Sugar, sie könnte sich all die fiktiven Heldinnen, die ihr je etwas bedeutet haben, von der Seele schaben, all die Stunden zurückfordern, die sie darauf verschwendet hat, sich um unglückselige Geliebte und tragische Missverständnisse zu sorgen. Das ist doch eine einzige Gaunerei, ein Kasperletheater für die einfältigen Massen. Wer schreibt schon die Wahrheit, wenn nicht sie selbst? Niemand.

»*Und wird das Tor sich öffnen*«, jault die Predigerin,
»*Mir, die ich suchte ohne Rast,*
Schmutzig, niedrig und beladen
Mit dieser schweren Unrechtslast …«

Sugar überlegt, ob sie hinunterlaufen und dieser dummen Kuh das Tor von Mrs. Castaways Bordell öffnen soll. Warum sie dann nicht hereinzerren? Sie mit dem Geruch von Samen bekannt machen? Ihr einen Schluck Gin anbieten? Eine großzügige Portion christlicher Gastfreundschaft.

Vorsichtig nähert sie sich wieder dem Fenster und späht auf die Predigerin hinab, die ihr Lied unterbrochen hat und, den Kopf gesenkt, wie im Gebet dasteht.

Tatsächlich aber beugt sie sich hinab, um ihrem Kind zuzuhören. Ihr Kind sagt etwas, was Sugar nicht hören kann. Die Mutter bückt sich noch tiefer, sichtlich verärgert darüber, dass ihr die Worte des Kindes nichts sagen. Das Kind fängt an zu wimmern und zu schniefen; offenbar hat es keine Lust mehr, in dem grellen Licht und der Kälte zu stehen und in einer Gasse, die nach gärender Pferdepisse stinkt, etwas zu singen, das niemand hört.

Nach einigen Sekunden erregter Unterhaltung wühlt die Mutter in ihrem Korb und fördert unter den frommen Pamphleten einen Apfel zutage. Sie hält ihn dem Kind hin, das daraufhin noch lauter weint. Die Mutter packt die Hand des kleinen Mädchens und steckt den Apfel hinein, doch das Kind hält ihn – versehentlich? absichtlich? – nicht richtig fest, und die Frucht fällt auf die Erde. Sogleich – so als habe der Apfel beim Aufprall einen Stolperdraht am Arm der Mutter berührt – schlägt die Mutter dem Kind ins Gesicht. Das Kind, das unsicher steht, strauchelt und fällt hin.

Sugar ist auf der Treppe, ohne sich Zeit zum Nachdenken zu nehmen. Sie ist barfuß, trägt Mieder und einen zerknüllten Rock, aber weder Haube noch Schal, ist, mit anderen Worten, kaum bekleidet. Sie stürzt, zwei Stufen auf einmal nehmend, die Treppe hinab, entschlossen, auf die Predigerin loszugehen, ihr die hässliche Nase einzuschlagen, die Luftröhre zuzudrücken, den Schädel wie eine überreife Melone auf dem Pflaster zu zerschmettern.

Sie stürmt aus dem Haus auf die Straße. Die Predigerin und das Kind sind weg.

Sugar macht ein Geräusch wie eine in die Enge getriebene Katze. Sie läuft erst in eine Richtung, dann in eine andere, macht dann unschlüssig kehrt. So schnell können die doch gar nicht verschwunden sein! Sie hastet aus der verlassenen Gasse auf die Silver Street und späht die Fahrstraße auf und ab. Da ein Obstkarren, dahinter die dicke Meg und der Hund der dicken Meg, der sich in der Sonne kratzt. Da ein alter Mann, der Hemdkragen an einer Stange verkauft. Ein Straßenfeger, der darauf wartet, dass Pferdeäpfel fallen. Tess, eine Prostituierte von einem Konkurrenzpuff, müht sich, ihren steifen Sonnenschirm zu öffnen. Zwei Stutzer, die zielstrebig zu einer Droschke schreiten, die sie angehalten haben. Eine Bande schmuddeliger Jungen mit groben Zügen, Stoffmützen auf dem Kopf. Ein Polizist, der nach ungesetzlichem Verhalten Ausschau hält, das noch nicht durch Bestechung unsichtbar geworden ist. Aber keine fette Matrone mit schwarzer Haube, kein kleines Mädchen.

Sugar steht draußen auf der Straße, auf einmal merkt sie, dass sie barfuß ist, dass ihre nackten Fußsohlen auf die sandigen, wahrscheinlich mit Scheiße beschmutzten Kopfsteine drücken, merkt, dass ihre ungebürsteten Haare vom Wind erfasst werden und ihr Mieder hinten lose ist, sodass man alles sehen kann. Ihre Beine zittern vor Wut und Enttäuschung, aber ebenso gut könnten sie es, weil man sie gerade stehend an einer Wand gefickt hat. Tess, die Konkurrentin, kriegt endlich ihren Sonnenschirm auf und bemerkt, als sie ihn hochhebt, endlich Sugar. Ihre Blicke begegnen sich über eine Entfernung von ungefähr fünfzig Yard. Sugar dreht sich abrupt um – schneidet sich dabei die linke Ferse an einem schartigen Stein – und flieht.

Wieder auf ihrem Zimmer in Mrs. Castaways Bordell, badet Sugar ihre Füße in einem Bottich. Die Verletzung ist nicht der Rede wert. Der Schmutz schwimmt schon oben. Es war einfach unbestimmbarer Straßendreck, keine Scheiße; dafür ist sie dankbar. Bald wird sie ihre Füße abtrocknen und mit Duftöl einreiben.

Ihr Herz hat nun aufgehört zu pochen. Es schlägt in ihrer Brust, regelmäßig und nur ein bisschen schneller als gewöhnlich. Sie ist wieder Herr – oder Herrin? – ihrer selbst. Wie soll sie sich ihre Entgleisung erklären? Wie konnte sie sich so töricht benehmen, wo sie doch so große Stücke auf ihr kühles Urteil hält? Ein Mann mag sie aufs Übelste beschimpfen, und dennoch kann sie ihrem Gewerbe weiter mit ruhigem Gesicht und eisigem Herzen nachgehen. Es ist für sie eine Sache der Ehre, dass bisher keiner ihrer Kunden die leiseste Ahnung hatte, was wirklich in ihr vorging. Und dennoch ist sie heute Morgen, hilflos vor Zorn, einer Fremden hinterhergerannt. Sie hat zerzaust und verwirrt in der Öffentlichkeit gestanden, ihre Verzweiflung für jedermann deutlich zu sehen. Das darf nie wieder geschehen.

Die Füße noch immer im Bottich, nimmt sie sich von dem Stapel Lesestoff das, was obenauf liegt. Es ist eine Ausgabe von *Purefoy's Home & Family Companion*, das sie begeistert kauft, obwohl sie kein richtiges Zuhause, keine Familie und auch keinen Begleiter hat. Sie kauft es, weil es eine monatliche Zusammenfassung aller wichtigen Dinge enthält, die sich auf der Welt ereignet haben, erklärt in vereinfachenden Begriffen, die unwissende junge Damen und schwachköpfige Matronen verstehen können. Sugar, die die aufgeblasenen Intrigen der Politiker und die prahlerischen Großtaten der

Geschäftsleute verachtet, wäre es zufrieden, in vollkommener Unkenntnis über alles, was sich außerhalb Sohos ereignet, zu verharren, doch sie hat gemerkt, dass eine rudimentäre Kenntnis der laufenden Geschehnisse in ihrem Metier von Nutzen sein kann: Sie bringt gerade so viel in Erfahrung, dass sie Einverständnis mit den Ansichten ihrer Kunden heucheln kann. Und *Purefoy's Home & Family Companion* bietet auch noch mehr: Bilder von hübschen Kleidern, Radierungen exotischer Tiere aus dem ganzen Empire, Anzeigen, Empfehlungen – und einen Fortsetzungsroman. Den schlägt Sugar nun auf, während sie ihre Füße badet.

13. Kapitel: ENTLARVT!

Oh, das Dilemma des armen Hornsby, als er den unschuldigen Fred in üble Straßen führte, dergleichen der arme Bursche offenkundig noch nie gesehen hatte. Einerseits oblag ihm als Freds bestem Freund die heilige Pflicht, ihn von der überstürzten Entscheidung zurückzureißen, der sich Fred in seiner bedauernswerten Unwissenheit so unbeirrbar verschrieben hatte. Andererseits wusste Hornsby, dass der Kummer, den sein Freund in den Minuten, die nun folgen sollten, erleben würde, von solch schrecklicher Heftigkeit sein würde, dass dieser prächtige junge Mann sich niemals wieder – selbst wenn er hundert Jahre alt würde – davon erholen würde.

»Da stimmt doch etwas nicht«, sagte Fred, als er mit wachsender Bestürzung das armselige Aussehen der Behausungen bemerkte, an denen sie vorüberkamen, und die rohe Verderbtheit auf den Gesichtern ihrer Bewohner. »Meine reizende Violet kann unmöglich hier wohnen.«

Hornsby gab keine Antwort, sondern zog seinen Freund immer tiefer in den Sündenpfuhl.

»Das ist das Haus«, sagte er endlich, als sie vor dem arm-

seligsten, scheußlichsten von allen stehen blieben; ein Haus, dessen Wände, wären sie nicht rußgeschwärzt gewesen, in Kenntnis der verderbten Händel, die darin verhandelt wurden, hätten erröten müssen.

»Das kann nicht sein«, protestierte der totenbleiche Bursche matt.

»Könnte ich, indem ich mir den rechten Arm an der Schulter abtrennte, die Wahrheit dessen ungeschehen machen, so täte ich es, bitte glaube es mir«, sagte Hornsby. »Doch in diesem jämmerlichen Haus, und das zu sagen schmerzt mich unendlich, lebt das falsche Geschöpf, mit dem du verlobt bist.«

Der unglückliche Bursche, durch diesen Schmutz auf der Tugend der Person, die er mehr als jede andere liebte, zutiefst beleidigt, bekam tiefrote Wangen, ballte seine weichen, weißen Hände zu Fäusten und erhob sie gegen seinen Freund. Doch in dem Moment öffnete sich die Tür des schmutzigen Hauses, vor dem sie standen, und in ihrem dunklen, trostlosen, wurmstichigen Rahmen, befleckt von ungesunden Schatten, stand die entgeisterte Violet. Entgeistert jedoch nur für einen Augenblick! – bis sie in ihre Miene die Züge freudiger Überraschung zwang.

»Liebster!«, rief sie aus. »Du hast mir gar nicht gesagt, dass auch du mildtätige Werke tust! Und welch außerordentlicher Zufall, dass unsere Hilfsdienste sich an diesem erbärmlichsten aller Orte kreuzen! Ich habe gerade den elenden Leuten hier ein Päckchen mit sauberer Kleidung, etwas Seife und ein Heft mit Bibelversen gebracht.«

Was der gedemütigte Fred auf diese zweifelhafte Erklärung erwiderte, will Sugar gar nicht wissen. In blinder Wut reißt sie *Purefoy's Home & Family Companion* in Fetzen und schleudert sie nacheinander durchs ganze Zimmer.

Wieder ist sie außer Atem, keucht wie ein Hund. Wieder schlägt ihr Herz viel zu laut gegen ihren Brustkorb. Wieder hat sie, verdammt, die Fassung verloren. Wenn sie so weitermacht, kommt sie nie von der Silver Street los. Nur mit eisernster Entschlossenheit und kältestem Herzen wird sie sich aus einem Leben in Abhängigkeit retten. Es wird der Augenblick kommen, ohne jede Vorwarnung der Tag, da sich ihr die Gelegenheit bietet, ihrem Schicksal zu entfliehen, und für diesen Augenblick muss sie bereit sein. Ein mächtiger Mann wird in ihr Leben geraten mit der Absicht, sie einmal zu benutzen und dann wieder in seinen gehobenen Kreisen zu verschwinden. Doch in der Hitze des Augenblicks wird ihm ein Geständnis entschlüpfen, oder ihm wird ein Name herausrutschen, den er geheim halten wollte, oder vielleicht wird ihm einfach ein Blick in die Augen treten, dem sie auf gleicher Höhe begegnen kann, und dann wird er: gefangen sein. Es könnte auf hunderterlei Arten geschehen, Arten, die sie sich an diesem eintönigen Morgen in ihrem hassenswert vertrauten Zimmer mit der verblichenen Tapete und den abgestoßenen Scheuerleisten und dem zerknüllten alten Bettzeug noch gar nicht vorstellen kann. Sicher ist nur, dass diese goldene Gelegenheit nur einmal kommen wird, und dafür müssen ihr Geist ungetrübt, ihre Gefühle festgezurrt sein.

Sie nimmt einen Schmerz in ihrer rechten Faust wahr. Als sie die Finger löst, zuckt sie zusammen, denn ein haarfeiner Schnitt öffnet sich in dem zarten Fleisch zwischen Handteller und Mittelfinger. Ein Papierschnitt. Sie hat sich an *Purefoy's Home & Family Companion* verletzt. Auch das eine Mahnung, sich zurückzuhalten.

Sugar hebt die Füße aus dem Bottich und trocknet sie mit dem Saum ihrer Unterröcke ab. Die Haut auf den Sohlen ist blass und runzlig geworden; winzige Hautkrümel rubbeln sich los. Der Kratzer an der Ferse blutet jetzt nicht mehr. Er tut nicht mehr weh, der Papierschnitt an der Hand ist dagegen überaus lästig.

Es ist höchste Zeit, dass sie sich ordentlich anzieht und herausputzt. Sie geht zum Fenster, kämmt sich dabei die Haare. Sie blickt auf die Kutscherhäuschen hinab, auf die Kopfsteine. Niemand da jetzt. Doch da, auf dem Fenstersims, bereit für sie, liegt der Apfel, fest und glänzend. Sugar hat ihn aufgehoben, als sie zurück ins Haus gestolpert ist, da sie nicht wollte, dass Hunde ihn fraßen, und nun liegt er da, kaum angestoßen. Vielleicht kommt die Predigerin am Nachmittag wieder, oder morgen oder übermorgen; der Apfel wird sich noch eine Weile halten. Und falls die Predigerin wiederkommt, wird Sugar den Apfel nehmen, mit äußerster Sorgfalt zielen und werfen – beherzt und unumwunden.

Medizin

William Rackham sitzt an seinem Schreibtisch und prüft das Etikett der Medizin, die er gleich einnehmen will. Er hofft, diese kleinen gelben Pillen enthalten kein Morphium oder Kokain, denn der Schluck Rennicks Stärkungssirup, den er vor einer Stunde erst getrunken hat, war großzügig mit Narkotika versetzt, und noch immer ist ihm recht eigenartig zumute. Mit jedem Jahr kann er Rauschmittel weniger gut vertragen; gern würde er ohne solche Arzneien auskommen, neigte er nicht zu allen möglichen Beschwerden.

»*Personen mit GUTER KONSTITUTION, welche Kopfschmerzen, Niedergeschlagenheit, trübem Augenlicht, Nervenleiden, Ohrensausen, Spasmen sowie allen Arten der Unpässlichkeit von Magen und Darm ausgesetzt sind, sollten stets Framptons Gesundheitspillen griffbereit haben*«, steht auf dem Flaschenetikett. Die Ingredienzien sind indes nicht aufgeführt, zu lesen ist nur die übliche Versicherung, sie seien vollkommen natürlich, rein und unvermischt. William Rackham schüttelt eine Pille auf seinen runzligen Handteller und führt sie dicht an die Nase. Seine lange Erfahrung als Parfümeur würde ihm gewiss gestatten, den Geruch von Opium zu identifizieren, sollte welches darin sein. Aber nichts.

Er lässt die Hand auf die Tischplatte sinken, die Finger locker um die Pille gekrümmt, und zögert den Augenblick hinaus. Es besteht immer die Hoffnung, dass er tief einatmet, langsam ausatmet und spürt, wie die Krankheit in einer unerwarteten taumelnden Erregung seinen Körper verlässt. Er atmet tief ein, wieder aus, und wartet. Ein Windstoß rüttelt am Fenster seines Arbeitszimmers, und das Licht der Lampe wird vorübergehend matt, was ihm ein Gefühl gibt, als zögen sich die Wände seines Zimmers zusammen. Er kennt jeden Zoll dieser Wände, jeden verkalkenden Rücken eines jeden seit langem ungelesenen Buchs in den Regalen, jeden Schimmer des polierten Holzes der Uhr, jeden gelblichen Makel auf dem Zifferblatt, jeden ausgebleichten Druck in jedem unmodernen Rahmen, jeden Haarriss im Deckengesims, jede winzige Luftblase, die hinter der Tapete eingeschlossen ist. Es ist, als hätte er schon Monate keinen Fuß mehr aus seinem düsteren Privatgemach gesetzt.

Höchste Zeit für einen Besuch seiner Lavendelfelder. Die Reise nach Surrey wäre an sich schon ein Tonikum; nur einmal weg von London und seinem erstickenden Wettbewerb, seinem alles durchziehenden Gefühl, dass eine Million Menschenwesen nach einer Lunge voll Leben drängen und japsen. Wie schön es wäre, in der frischen Luft zu wandern, über ihm die Sonne, feuchtes Erdreich unter ihm und den Geruch von Morgen um Morgen liebevoll gehegten Lavendels in der Nase.

Ein kalter Schauer läuft ihm den Rücken hinab, als tröpfelte ihm ein Witzbold Eiswasser in den Hemdkragen. Ein unerträgliches Jucken attackiert die Innenwände seiner Nase, und noch bevor er sein Schnupftuch aus der Hosentasche ziehen kann, niest er kräftig. Hundert Pünktchen opaken, wässrigen Schleims sind auf seinem Schreibtisch verteilt. Sie schimmern auf dem dunkelgrünen Ledereinsatz.

William Rackham starrt bestürzt auf den Anblick. Ruft er eine Bedienstete, um die Bescherung aufzuwischen, so wird sie einen Blick auf den Schreibtisch werfen, einen weiteren auf sein schuldbewusstes Gesicht und ihn für nichts Besseres als einen hilflosen Säugling halten. Aber gewiss könnte doch ein Mann seiner Stellung nicht selbst Rotz aufwischen? Und womit sollte er das überhaupt auch tun? Sein Schnupftuch ist aus weißer Seide, sein Schreibtisch voller Tintenkleckse, mit Körperpuder gesprenkelt und, um ehrlich zu sein, an manchen Stellen des Lederbezuges ein wenig angeschimmelt. Der Ärmel ... Allmächtiger, ist das ein gerechtes Los für einen Mann, der schon tausend Demütigungen ertragen hat? Rotz mit dem Ärmel aufzuwischen?

Er bückt sich auf seinem knarrenden Stuhl und zieht mit der freien Hand ein paar zerknüllte Blatt Papier aus dem Weidenkorb. Wenn er die achtsam gebraucht, taugen sie bestimmt als Putzlappen. Wirklich auch der bestmögliche Gebrauch dafür, diese Briefe von Leuten, denen die Angebote von William Rackham, Esq., nicht mehr willkommen sind.

Zwei Blätter zerknülltes Papier. Seine Korrespondenz ist in den letzten anderthalb Jahrzehnten beträchtlich geschrumpft, wie auch sein Imperium. »Imperium«? Ein zu großes Wort, das weiß er. Auf Rackham Perfumeries hatte es nie so ganz zugetroffen, wie? Doch welches Wort ist besser? »Betrieb« klingt schmuddelig. »Firma«, das ist am sichersten. Seine schrumpfende Firma.

Ach, aber wer hätte ihm in jenen berauschenden Jahren, als ihm die Welt zu Füßen lag, vorwerfen können, dass er das Wort »Imperium« gebrauchte? Wer hätte sich nicht von seinem Stolz mitreißen lassen, als er zum ersten Mal die Kuppe des Beehive Hill erklomm und auf die weiten, wogenden Lavendelfelder hinabblickte, den schimmernden See aus *Lavandula*, sein fleißiges Gut? Es schien unvorstellbar, dass seine Erzeugnisse nicht den Weg in jedes Geschäft im Lande finden würden – und eine kurze Zeit lang, Mitte der siebziger Jahre, war es auch fast so. Heute sind Newcastle, Leeds und Glasgow noch Hochburgen seiner Ware, und noch immer gehen aus Gründen, die er nie so recht verstanden hatte, Sendungen nach Kalkutta. Doch hier, im eigenen Land ... Er glättet das Schreiben eines Magazins für Haushaltsgegenstände in Walthamstow, dessen Geschäftsführer darauf hinweist, dass die Regale mit den Toilettenartikeln schon von anderen Herrenseifen und Badewassern überquellen. William streicht mit dem abscheulichen Blatt Papier über den Schreibtisch und tupft damit die Schleimpünktchen auf. Ein zweiter Brief – ungebetene Post von der Liga für Zolltarifreform – reibt das Leder trocken. Alles ist gut, bis zum nächsten Niesen.

William wirft sich eine von Framptons Gesundheitspillen in den Mund und spült sie mit einem Schluck Portwein hinunter. Das Beste gegen eine Erkältung ist doch Alkohol; besser als jedes Quacksalbermittelchen und jedes teure Medikament. Wäre es nicht absolut notwendig, für seine Arbeit nüchtern zu bleiben, dann würde er ein paar Flaschen Portwein wegputzen und ein, zwei Tage später geheilt aufwachen.

Er nimmt seinen Federhalter, taucht ihn in die Tinte und fängt an zu schreiben. Kratz, kratz, kratz. Entschlossenheit ist alles. Keine Zeit für Selbstmitleid. Weitermachen, das Leiden ignorieren, und ehe man's sich versieht, ist die Arbeit getan.

Minuten später klopft es an seine Arbeitszimmertür. Es ist Letty, das Hausmädchen; sie bringt ihm einen Teller mit Brot und kaltem Braten.

»Das Mittagessen, um das Sie baten, Mr. Rackham«, sagt sie.

Er kann sich nicht erinnern, darum gebeten zu haben. Allerdings könnte er wohl um so etwas bitten, wenn er hungrig wäre, und das ist er, wie er nun plötzlich merkt.

»Danke, Letty«, sagt er.

Sie geht mit dem Servierbrett zu seinem Schreibtisch und stellt den Teller, wie seit jeher Brauch, auf das alte braune Hauptbuch.

»Tasse Tee, Mr. Rackham?«

»Nein danke, Letty. Ich habe Fieber.«

»Ach, das tut mir aber leid, Mr. Rackham. Einen Kaffee?«

Die halb leere Flasche Portwein steht mitten auf dem Schreibtisch. William prüft das Gesicht des Hausmädchens, findet es, wie immer, wohlgesinnt und urteilsfrei.

»Ja, einen Kaffee«, sagt er. Und mit einem Nicken, das fast in einen Knicks übergeht, zieht sich das Mädchen aus dem Zimmer zurück.

Die gute alte Letty. Er mag sie. Sie ist nicht mehr

hübsch, und sie ist recht dürr und faltig geworden, und sie hat einen wenig damenhaften Gang, die Folge bröckeliger Hüftknochen. Aber eine Dienerin sollte ohnehin nicht damenhaft sein; Rose war es gewesen, hatte Allüren über ihre Stellung hinaus gehabt. Nach nur wenigen Jahren bei ihm ließ sie ihn, von einem Reicheren gewildert, im Stich. Letty ist loyal, Gott segne sie. Und bei wem wäre sie jetzt, wenn sie's nicht wäre? Sie hat Glück, einen nachsichtigen Herrn zu haben. Er wird sie behalten, bis sie umfällt.

William legt seine Korrespondenz beiseite und wählt eine Scheibe Fleisch aus. Roastbeef, vom gestrigen Abendessen. Noch immer saftig, dazu eine hübsch krosse Rinde und in der Mitte rosarot. Seine neuste Köchin ist gar nicht schlecht, obwohl sie für Desserts kein Talent hat. Herrgott, wie viele Köchinnen hat er in den letzten fünfzehn Jahren gehabt? Bestimmt ein halbes Dutzend. Warum können diese Frauen nicht in einer guten Stellung bleiben, wenn man ihnen eine bietet?

»Das ist ein Unglückshaus, Mr. Rackham«, hatte eine dieser Köchinnen beim Gehen zu ihm gesagt. Dummes, mopsgesichtiges Weib; hat herzlich wenig dazu beigetragen, dass es glücklicher wird! Ihr Frühstückstoast hatte immer eine aschige Konsistenz, und in ihrem Pudding war nie genügend Zucker. Vermutlich hätte er sie entlassen, wenn sie ihm nicht zuvorgekommen wäre und es ihm nicht solche Unannehmlichkeiten bereitet hätte, sie zu verlieren.

Der Gedanke an Pudding weckt in William Lust auf etwas Süßes. Sein Mittagsteller ist nur rezent: Roastbeef, Kruste, Räucherschinken. Selbst die Butter auf dem Brot ist reichlich gesalzen. Ob er Letty zurückrufen und sie um etwas Orangenmarmelade bitten könnte? Oder besser, Kuchen mit Vanillesoße? Oder noch besser, heißen Apple Crumble, ganz mit Zucker bestreut?

Alles, was Sie von mir wollen. Das hatte sie gesagt. So hatte sie ihn umgarnt. Sugar. Die Hure, die sich Sugar nannte. Hat ihm die Erfüllung aller Träume versprochen. Wie Huren das eben so machen.

Kein Tag vergeht, an dem er nicht an sie denkt. Er hatte Hunderte vor ihr gehabt und seither auch noch so einige, sie aber war diejenige, die sich in sein Herz einschrieb – und dann den Federhalter hineinstach, verdammt soll sie sein.

Müde lehnt er den Kopf zurück, die Augen geschlossen. Das Bild Sugars, das im Dunkel schwebt, sollte ein schauriges Gespenst sein, ein verhülltes Phantom mit Totenkopf, wie es jenen Wesen ziemt, die rechtschaffene Männer in Seitengassen locken und ihnen Krankheiten anhängen. Stattdessen aber erinnert er sich an einen strahlenden Aprilnachmittag in seinen Lavendelfeldern, Sugar neben ihm, so frisch und reizend wie die sonnenbestrahlten Blüten um sie herum. Ihre Handschuhe und die Haube waren so weiß, dass er sie kaum ansehen konnte. Ihr Gesicht lag im Schatten, der Blick gesenkt, außer wenn er ihre Aufmerksamkeit auf etwas lenkte. Dann leuchteten ihre Augen vor Ehrfurcht; die Wunder, die er ihr zeigte, waren zu viel, um sie aufzunehmen. Ihm war, als gehörte ihm die ganze Welt, der Himmel darüber und, was das Erregendste war, dies exquisite Mädchen mit dem langen, blassen Hals und den ockergelben Locken mit ihrem goldenen Hof darum.

Natürlich war sie falsch bis in die Knochen. Wie hatte er das nicht erkennen können? Eine mittellose Hure und ein erfolgreicher Geschäftsmann – diese Arithmetik ist doch sonnenklar. Bevor er sie kennen lernte, war er ein gesunder Bursche, stark, rechtschaffen. Und dann …? Rückblickend ist es schwierig zu erkennen, wie sie den Stoff seines Lebens genau aufribbelte, welche Fäden sie zog. Doch die Beweise sind überwältigend; binnen eines Jahres, in dem er in ihre Ränke verstrickt wurde, war aus ihm ein stotternder Invalide geworden und seine Familie vollkommen zugrunde gerichtet.

Ach, Agnes! Ach, sein armes Frauchen! Er ließ sich ablenken, und sie ging an seiner mangelnden Zuwendung ein. So kränklich sie auch war, sie hätte doch noch gesund werden können; es gab Anzeichen von Besserung. Wer kann sagen, dass er sie nicht doch noch hätte retten können, hätten ihn nicht Sugars beständige Einflüsterungen irregemacht? Wie kann er es sich je wieder verzeihen, dass er eine Viper in sein Heim gelassen, sie in seinen Haushalt eingeführt, seine Tochter ihrer Obhut anvertraut hat? Und wer wollte abstreiten, dass Sugar ihren giftigen Einfluss nicht auch auf Agnes ausgedehnt hat, mit tödlichen Folgen? Alles, was sie tat, diente nur einem Zweck: sich zur nächsten Mrs. Rackham zu machen. Aber verdammt soll sie sein, es konnte ja nur eine Mrs. Rackham geben, und das war seine arme kleine Agnes!

»Verzeihen Sie, Mr. Rackham«, sagt Letty, die auf einmal mit einer Tasse Kaffee vor ihm steht. »Mrs. Rackham möchte wissen, ob Sie den Arzt benötigen.«

»Mrs. Rackham?«, echot er. »Arzt?« Er hat vorübergehend Schwierigkeiten, sich ein geistiges Bild von beiden Personen zu machen. Dann erinnert er sich wieder an den alten Doktor Curlew, weißhaarig, leichenblass. Gleich darauf erscheint das Bildnis Mrs. Rackhams.

»Sage ihr, es geht mir besser.«

»Ja, Mr. Rackham.«

»Was macht sie heute?«

»Empfängt Besuch von Mr. St. John, Mr. Rackham.«

»Der war doch schon gestern da.«

»Ja, Mr. Rackham.«

Er nickt, um sie zu entlassen. Es ist wichtig, dass sie weiß, dass er die Vorgänge im Haus im Griff hat.

Allein mit seinem Kaffee, sinniert William über seine zweite Ehe. Constance ist ein gütiges, unauffälliges Wesen in seinem Leben. Unter all den zahlreichen Enttäuschungen, die er im Lauf der letzten fünfzehn Jahre hat schlucken müssen, gehört Constance zu den kleinsten. In der kummervollen Zeit nach dem Verlust seiner Familie bot sie ihm eine neue und befreite ihn von dem Schmerz, bedauert zu werden: »Das ist William Rackham, der Ärmste: Seine Frau ist in die Themse gegangen.« Constance tat ihr Bestes, in der Rackham'schen Familiengeschichte ein neues Kapitel zu schreiben; stolz trägt sie in der Öffentlichkeit seinen Namen. Nur … sie hat ihm nicht den Erben geschenkt, den sie ihm angedeutet hatte, und nun ist sie zu alt für solche Dinge, und sie sehen sich kaum noch. Er arbeitet in seinem Zimmer; sie verkehrt in der Gesellschaft. Unterhalb ihres Kinns kann er sich nichts von ihr vorstellen.

Sugar hatte spitze Hüften, so spitze. Beim Eindringen gruben sie sich in seinen Unterleib. Ihre Handflächen waren grob gemasert: irgendeine Hautkrankheit. Seltsam, dass er nie Angst hatte, sich die Pocken bei ihr zu holen. Gott weiß, welchen Ausschweifungen sie gefrönt hatte, bevor er sie entdeckte; ihr eilte der Ruf voraus, das zu tun, was andere Mädchen verweigerten.

Alles, was Sie von mir wollen.

Wie warm ihr Leib war, wie gefällig! Himmlisch, seine Rute in ihre seidige Fotze zu schieben! Und mehr noch, wie himmlisch das Wissen, dass ihre Antwort auf alle seine Bitten Ja, Ja, Ja war. Nicht stumpfsinnig, gehorsam wie eine Dienerin; mehr wie … eine Freundin.

Erneut kehrt er in seiner Erinnerung zu dem Nachmittag auf dem Lavendelfeld zurück. An dem Tag ist etwas, das sich bitterer Neubewertung widersetzt; der dunkle Unrat des Betrugs, der ölige Schmutz des Zynismus lässt sich darüber ausgießen, und nichts bleibt haften; der Tag bleibt rein, riecht noch immer frisch. Wie ist das möglich nach allem, was passiert ist? Und doch kehrt er schon wieder zum April 1875 zurück, steht wieder neben Sugar auf dem Kamm des Beehive Hill. Sie blicken nach Nordosten: In weiter, weiter Ferne ist ein Regenschwaden, der einen Regenbogen wachsen lässt. William schaut von hinten auf seine Mätresse, die Hand zum Schutz gegen die grelle Sonne oberhalb der Augen. Sugars langer Rock raschelt in der Brise, ihre Schulterblätter stoßen in den gespannten Stoff ihres Kleids, als sie den Arm hebt, um ihr Gesicht zu beschirmen. Der Wind frischt auf: Der Lavendel unter ihr wogt sanft, als stünden er und Sugar auf dem Bug eines Schiffes, das auf einem violetten Meer treibt.

Worauf schaut sie? Auf dasselbe, das er anblickt. Und was ist das? Alles und nichts. In ihren Augen ist eine Art Angst; die Erkenntnis, dass es hier zu viel Schönheit gibt, dass das Universum zu groß ist und die

Menschen zu klein. Mit wenigen Worten kann er, wenn er jetzt spricht, die Balance wiederherstellen. Mit wenigen Worten, wenn er sie nur rechtzeitig findet … Doch dann hebt Sugar den Arm noch höher und neigt die Hüften noch ein wenig stärker, und ihr Kleid umschmiegt den Körper anders als noch einen Augenblick zuvor, und er sieht die feine Schwellung ihres Busens durch den Stoff, und er erinnert sich, wie diese Brüste sich in seinen Händen anfühlen. Jäh verlangt es ihn, sie nackt auszuziehen, sie auf Hände und Knie zu stoßen, ihre Arschbacken zu öffnen, bis ihre Fotze aufklafft.

Alles, was Sie von mir wollen.

Gewaltsam öffnet er die Augen. Es ist falsch, wenn ein Mann jenseits der mittleren Jahre sich in zärtlichen Erinnerungen an eine Hure ergeht. Er ist ein ehrbarer Mann, kein zügelloser Bohemien. Die müßigen Freunde seiner Jugend sind schon lange fort, unpassende Gefährten für einen Mann seiner Position. Er ist eine Säule der Gemeinschaft, eine Säule. Seine Hand ist in der Hose, massiert seine Erektion oder drückt sie nieder, was, weiß er nicht genau. Wie hungrig sie nach ihm war! – wenn man glauben konnte, was sie sagte. Und glauben kann man keiner Frau. Die Welt ist ein einziger klebriger Betrug.

Agnes. Wenn er schon amouröse Gedanken hat, dann sollten sie doch ihr gelten. Sie war seine Blume, sein kleiner Schatz. Sie war unschuldig und unbefleckt. Kein Mann hatte Hand an ihr nacktes Fleisch gelegt, bis er kam. Sie lag neben, unter ihm, steif und klamm wie ein gekühlter, in die Formen einer Frau geschnittener Schinken. Niemals hätte er sie berühren dürfen. Warum nur hatte er sie berührt? Weil sie das köstlichste Dingchen war, und er hatte sich das Recht verdient, sie zu nehmen. Ein Mann ist kein Heiliger.

Er lehnt den Kopf zurück an die Stuhllehne. Presst das harte Holz gegen die Kopfhaut, um das Pochen in seinem Gehirn zu bekämpfen. Der Tag heute kann noch immer produktiv werden, wenn er sein Fieber in den Griff bekommt. Die Medizin dürfte nun jeden Moment Wirkung zeigen.

Ach, was war sie nur für ein hübsches Mädchen. Hübsch wie eine Blüte und genauso blass. Zerstörte Blüten, der Tisch im Leichenschauhaus. Die Maschinen in seiner Fabrik in Surrey; verdammt sei der Mann, der sie ihm verkaufte. Ein Vermögen an Lavendelblüten, alle zerstört, mit Maschinenöl beschmutzt, durchdrungen von unausrottbarem Brandgeruch. Man konnte nur noch auf die nächste Ernte warten. Der Natur und seinen Konkurrenten ausgeliefert. Der Herr rette ihn: Sonst tut es niemand. Sugars Lippen: Wie trocken sie waren, wie fedrig auf den seinen. Wie befriedigend es war, sie zu küssen. Doch er hat kein Recht, an sie zu denken, kein Recht. Jener Nachmittag im April ist ein Trugbild; es hat ihn nie gegeben; er ist eine hübsche Illusion, die über einem Haufen Unflat schimmert.

Der Leichnam auf dem Tisch im Leichenschauhaus. Man hatte ihn gezwungen, auf einen Körper zu blicken, der halb von Fischen abgefressen war. Das Gesicht ein Schädel. Er hatte gesagt, es sei Agnes. War es denn Agnes? Er sieht noch einmal hin. Das Gesicht formt sich ein wenig aus, dann noch ein wenig mehr, nimmt neckend, Schicht um Schicht, menschliche Gestalt an. Wie gelähmt starrt er darauf. Gleich einer Kerze, die sich wie durch Zauberhand zurückschmilzt, wird das Fleisch den Knochen wiedergegeben, bis Agnes' Augen, Wangen und Mund deutlich zu erkennen sind. Ja, ja, er hätte nicht zweifeln dürfen. Die Atmosphäre im Leichenschauhaus verliert an Härte, und es dauert nicht lange, bis der Rolltisch, auf dem Agnes liegt, eher ein Bett ist und sie ein weißes Gewand gleich einer Nonne oder einem Engel trägt, das matt in weichem Licht erstrahlt.

Nun ergreifen freudige Erinnerungen an seine Frau Besitz von ihm. Das bezaubernde, eigenartige Mädchen, das sie war, als sie sich kennen lernten, kehrt wieder, eine süß duftende Fremde. Sie war siebzehn, wirkte aber jünger. Sie hielt sich, als hätte sich ihr Busen erst gestern oder vorgestern entwickelt und als hätte sie keine Ahnung, was sie damit solle. Wenn sie sich beobachtet wähnte, konnte sie mit anmutiger Haltung gehen, vergaß sie sich jedoch, hüpfte sie in einem Wirbel aus Röcken dahin, und wurde sie von einer Bemerkung oder Begebenheit belustigt, kicherte sie ansteckend wie ein Kind. Auf den richtigen Stuhl vor den richtigen Hintergrund gesetzt, glich sie jedoch einem Damenporträt von Sir Joshua Reynolds. Gewiss konnte sie sich so sittsam wie jede Herzogin geben, die je ein Lächeln hinter ihrem Fächer verbarg. Sie trug nur helle Farben und bevorzugte Weiß, sodass sie in der Mittagssonne so hell erstrahlte, dass er die Augen mit der Hand beschirmen musste.

Spiel nur mit einer anderen. Du tust mir weh.

Stöhnend schlägt er mit dem Kopf gegen die Stuhllehne. Das Schicksal ist grausam, das Schicksal ist böse. Alle Liebesangebote werden abgelehnt, alle guten Absichten missverstanden, alle Geschäftspläne zerschlagen sich. Nein, nein und nochmals nein – *das* ist die

Antwort des Schicksals. Selbst die Chance, einen Sohn zu bekommen und zu sehen, wie die nächste Generation die Früchte erntet, wo die eigenen Mühen unbelohnt blieben: Das Schicksal sagte nein. Wer wird sein Imperium erben? »Imperium«? Na, was es auch sei, wer wird es erben? Constance. Sie, die täglich zum Abendessen mit ihm zusammenkommt, als wären sie beide Gäste in einem Hotel, die artige Konversation führen, die Augen leicht umwölkt, wie sie, jeder für sich, in den unsichtbaren Horizont ihres getrennten Lebens blicken. Was Constance über die Herstellung von Toilettenartikeln weiß, passt auf einen Stecknadelkopf. Sie wird ihn unter die Erde bringen, ein paar Tränen vergießen, sein Geschäft einem der größeren Fische ins Maul schieben und weiterziehen. Die gute Constance, die geduldige Constance, die nachsichtige Constance. Wartet all die Jahre ab, die er am Schreibtisch sitzt und sich Summe um Summe in den Sarg schreibt.

Aber irgendwo hat er ein Kind. Seinen einzigen Nachkommen. Gott allein weiß, wo sie ist; die Polizei jedenfalls nicht. Sophie. Er hat sie Sophie genannt. Sie hätte die Freude seines Alters sein können. Sie hätte ihm einen Enkel schenken können, an den er sein Geschäft hätte weitergeben können. Sie könnte in einem Bordell arbeiten und betrunkenen Stoffeln zu Diensten sein, und Sugar zählt das Geld. Sie könnte auch tot sein. Was weiß er schon.

Schmerz trübt ihm den Blick, als er sich seine Tochter als Erwachsene vorzustellen sucht. Stattdessen sieht er nur das karmesinrote, angeschwollene, tränenüberströmte Gesicht des Kindes und hört Sophie wimmernd flehen, nicht von ihrer geliebten Sugar getrennt zu werden. Oh, die giftige Schläue dieser Frau, wie sie seine Tochter genauso verhext hat wie ihn! »Hör jetzt auf damit, Sophie«, befahl er ihr, doch sie vermochte nicht zu gehorchen. »Mach deine hübschen blauen Augen auf und sieh mich an«, befahl er, doch sie weigerte sich.

Blaue Augen. Ja, sie hatte blaue Augen. Doch, hübsche blaue Augen. Wie ihre Mutter. »Sie hat deine Augen« – das hatte er zu Agnes gesagt, gleich nach der Geburt, nachdem die Hebamme den Säugling aus dem Raum geschafft hatte und Agnes wie im Delirium in ihrem blutigen Bett lag. Es war das Aufmunterndste, das ihm angesichts der Tiefe seiner Enttäuschung über das Geschlecht des Kindes einfiel. »Sie hat deine Augen.«

»Nein!«, schrie Agnes und verbarg das Gesicht hinter den Händen, so als wollte er versuchen, ihr die Augen mit einem Löffel aus den Höhlen zu schaufeln. »Niemand hat meine Augen! Nur ich!«

Die schützende Bewegung seiner Frau nachahmend, reißt William die Hände vors Gesicht, das kalt und feucht ist. Dabei stößt er die Portweinflasche um. Zum Glück ist sie leer, allerdings kann er sich nicht erinnern, den Rest getrunken zu haben. Sie rollt vom Schreibtisch auf den Fußboden, wo sie mit einem musikalischen Klonk aufschlägt. Er bückt sich auf dem Stuhl, um sie aufzuheben.

In dem wirbelnden, schwindligen Dunkel, das darauf folgt, taumelt er dahin. Es ist gar nicht wie ein Sturz vom Stuhl auf den Fußboden. Es ist, als wäre man ein Schirm, der von einer Bö erfasst, oder ein Zylinder, der einem Mann vom Kopf gefegt wird, durch die Luft wirbelt, unerreichbar, um dann Gott weiß wo zu landen. Wird jemand ihn auffangen?

Du armes Kindchen.

Eine Frauenstimme. Er liegt auf dem Rücken. Er fällt nicht mehr. Das Dunkel ist einem pulsierenden Rot gewichen, und er liegt in einer Unterführung oder vielleicht einem Abwasserkanal und starrt zu einem Backsteingewölbe hinauf. Jeder Backstein glüht wie in einer Esse erhitzt. Schweiß dringt ihm kribbelnd durch die Poren; gefangene Wärme scheint sich unter der Haut auszudehnen, droht hinauszuplatzen.

Plötzlich ist eine junge Hure mit dunklen Haaren und gepudertem Gesicht über ihm. Ihre Augen leuchten vor brutaler Freude. Er will fortkriechen, doch viele Hände packen seine Kleidung und reißen sie ihm weg, bis er nackt ist. Erst als sie damit fertig sind, gestatten sie ihm, auf einem Film aus Schmutzwasser und seinem eigenen Blut fortzurutschen.

Hilf mir, formt sein Mund, denn er hat nicht mehr die Kraft zu sprechen.

Ich bin da, William.

Sugars Stimme. Er erkennt sie sofort, selbst nach fünfzehn Jahren ohne sie. Warm, aufrichtig, ein wenig heiser. Die betörendste Stimme der Welt.

»Lass mich in Frieden«, ächzt er.

Ich will dir doch nur helfen.

»Du hast mir schon genug geholfen«, erwidert er und drückt fest die Augen zu. »Meine liebe Agnes ist tot. Du hast mir meine Tochter genommen. Ich bin vorzeitig gealtert.«

Pschschschschsch …

Er spürt ihre Hand auf dem Gesicht. Die Haut ist rau wie eh, rau wie Rinde. Sie streichelt ihm mit atemberaubender Zärtlichkeit die Wange. In den fünfeinhalbtausend Tagen, seit sie ihn verlassen hat, hat man ihn nicht mehr so zärtlich berührt. Er weiß, wenn er die Augen aufschlägt, sieht er sie, und dann weint er vor Freude darüber, sie zu sehen, und er wird gestehen, dass er sich verlaufen hat, dass er die ganzen Jahre wie ein verlassenes Kind in einem dunklen Wald herumgewandert ist und sich danach gesehnt hat, dass sie ihn findet und nach Hause holt. Er spürt, wie sie sich herabbeugt, ihn zu küssen; die weichen Locken ihres übervollen Haars fallen ihm auf Hals und Schultern; ihr Atem befeuchtet seine Lippen.

»Mr. Rackham?«

Er wehrt sich schwach gegen ihre Umarmung (für wie töricht hält sie ihn denn?), während es ihn gleichzeitig verlangt, in ihre Arme eingehüllt zu sein, in ihren Busen zu heulen, zwischen ihren Beinen zu verschwinden.

»Mr. Rackham?«

Ihre sanfte Berührung auf seiner Haut wird ein Tätscheln, dann ein zögernder Klaps. Er schlägt die Augen auf. Über seinem Körper kauern zwei Frauen, beide fassen ihn an jeweils einer Achsel und versuchen, ihn vom Teppich hochzuheben. Ihre Gesichter werden scharf. Das eine gehört Letty. Das andere – besser erhalten, leuchtende Augen, spitze Nase – seiner Frau.

»Geht schon«, ächzt er. »Lasst mich.«

»Sie sind furchtbar heiß, Mr. Rackham«, sagt Letty.

»Du glühst, würde ich sagen«, sagt Constance und legt ihm ohne weitere Umstände, so als prüfte sie die Wärme einer Teekanne, eine Hand auf die Stirn.

»Ich habe Fieber«, räumt er ein. »Das vergeht wieder.«

»Doktor Curlew ist schon unterwegs«, sagt Constance.

»Nein, nein«, murmelt er, während sie ihm auf den Stuhl zurückhelfen. »Nein.«

»Schon geschehen, William.«

Erneut stöhnt er auf, diesmal ärgerlich. Er kann es sich nicht leisten, noch mehr Zeit zu verlieren, als er schon verloren hat. Rackham Toiletries ist von der Konkurrenz umstellt. Das Territorium muss verteidigt werden.

»Lasst mich, lasst mich«, fleht er.

Die beiden Frauen schauen einander an. So hoch ist sein Fieber nicht, dass er nicht das Glimmen unzulässiger Intimität zwischen ihnen bemerkt. Frauen gegen Männer. So tief und allumfassend ist dieser weibliche Antagonismus, dass er selbst die Kluft zwischen Herrin und Dienerin überbrücken kann. Er weiß Bescheid, oh ja, er weiß Bescheid.

»Lasst mich.«

Die beiden Frauen tun ihm den Gefallen. Letty muss ja wohl gehorchen, oder? Und Constance, die liebe, reizende Constance, die liebe, geduldige Constance, sie bedenkt ihn mit einem ihrer leicht gekränkten Blicke. Die wird schon wieder froh, bestimmt, sobald sie auf ihren kongenialen Spielplatz des gesellschaftlichen Verkehrs hinaustritt. Sie wird ihren Tee trinken, den kleinen Finger abgespreizt, den funkelnden Blick auf ihren Besuch gerichtet, wer immer das auch heute ist, während ihr Gatte oben unbemerkt hinter einer der vielen verschlossenen Türen schuftet.

William richtet sich auf seinem Stuhl auf, spannt die Schultern, streicht sich die dünnen Haare fest auf die

Kopfhaut. Er hat ein wenig zu viel Medizin genommen, das liegt auf der Hand. Die Klarheit ist zurückgekehrt. Er hat noch Fieber, doch das wird ihn nicht hindern, das zu tun, was zu tun ist. Ein kalter Schauer läuft ihm den Rücken hinab, als tröpfelte ihm ein Witzbold Eiswasser in den Hemdkragen. Ein unerträgliches Jucken attackiert die Innenwände seiner Nase, aber diesmal übertrumpelt es ihn nicht. Gedankenschnell zieht er das Taschentuch hervor und niest kräftig hinein. Kein Tropfen daneben.

Er holt tief Luft. Der Tag ist noch jung. Er lässt den Blick über den Schreibtisch gleiten. Eine Tasse kalter Kaffee. Der Stapel unbeantwortete Post. Tintenfass und Federhalter. Er zieht den Brief heran, an dem er geschrieben hat, bereit, dort fortzufahren, wo er aufgehört hat. Eine Viertelseite ist schon voll mit seiner etwas unsauberen Schrift.

Er lässt die Finger knacken, greift zum Federhalter, rückt das Blatt zurecht und liest, was schon dasteht.

Fang an, steht da nur. *fang an fang an fang an fang an fang an …*

Eine mächtige Horde Frauen
mit sehr großen Hüten, vorrückend

Mein Vater hat mich zur Hälfte gemacht. Genau zur Hälfte, sagte meine Mutter. Welche Hälfte, spezifizierte sie nicht, daher stellte ich mir eine Zeit lang vor, mein Kopf, meine Arme und die Brust seien das Werk meines Vaters, der ein Künstlertyp war und sich daher wohl über die Herausforderung freute, meine Gesichtszüge zu gestalten – besonders meine Augen, die mir als wundersame Einrichtungen erschienen. Was meine Mutter betraf, so stellte ich mir vor, dass sie die Verantwortung für meinen unteren Torso übernahm, für die Beine und Genitalien. (Daran war nichts Sexuelles, möchte ich gleich hinzufügen: Ich war erst sieben, und Sie müssen bedenken, dass es eine andere Zeit war.)

Das Missverständnis hinsichtlich der Herstellung von Kindern hätte zu einer jener Gewissheiten werden können, die wir nie mehr ganz ablegen können, eine jener blöden Überzeugungen, deren letzte Gelegenheit einer Revidierung an einem Dienstagmorgen im April vertan wird und die sich mithin tief in unser Gehirn eingraben. Doch dafür war ich nicht vorgesehen. Meine Mutter und ich waren nämlich sehr vertraut. Wir führten täglich lange Gespräche, über alles. Vermutlich hatte ich eine Bemerkung über die Hälfte von mir gemacht, die mein Vater geschaffen hatte, vielleicht über die Urheberschaft meines Bauchnabels spekuliert, denn ich erinnere mich, dass sie mir einen Korrektivvortrag über *Zutaten* hielt. Jeder Mensch sei eine Mischung aus Zutaten, wie eine Suppe, sagte sie. Die Mutter steuere die eine Hälfte bei, der Vater die andere. Dann würden sie alle vermengt und gekocht, und das Ergebnis sei dann das Kind, in dem Fall ich.

Ehrlich gesagt war mir die irrige Version der Geschichte doch lieber. Ich sah mich nicht gern als Beutel mit einem Eintopf darin, als blasse Hauthülle mit allem möglichen dunklen, pappigen Zeug darin, das darin herumschwappte. Das war unwürdig, um nicht zu sagen bestürzend. Ich war ein unternehmungslustiger Junge und hatte meine ersten sechs Jahre im hintersten Australien zugebracht, war über steiniges Gelände gekrabbelt, von Baumstämmen gefallen, hatte mich im Dreck gewälzt und ganz allgemein meine freizügigen Familienverhältnisse genutzt. Ich wusste alles über Kratzer und blaue Flecken, doch die Vorstellung, durch eine zufällige Verletzung könnte mein ganzer Inhalt auslaufen: das war doch etwas anderes.

Wenn ich heute zurückblicke, sehe ich, dass der Frühling von 1908 keine so unschuldige Jahreszeit wie die davor war, sondern eine Verschwörung von Beunruhigendem, ein geballter Angriff auf mein kindliches Selbstvertrauen. Die Kunde von meinen Suppenzutaten war nur eine von vielen Störungen des Lebens als heiteren, selbstvergessenen Spiels, was es bis dahin gewesen war. Vermutlich war die Zeit gekommen, da ich lernen musste, dass ich von der Geschichte nicht ausgenommen, sondern darin verwickelt war.

Weil ich nämlich Kind in einer Zeit war, die heute die Edwardianische heißt, und weil ich am Todestag der Königin Viktoria geboren wurde, sehe ich die Edwardianer immer als Kinder. Kinder, die ihre Mutter verloren haben, aber zu klein waren, um zu erkennen, dass sie tot war, und deshalb weiterspielten wie zuvor und nur allmählich, aus den Augenwinkeln, die flackernden Schatten vor ihrem sonnigen Kinderzimmer bemerkten. Schatten von Aufruhr, von Unruhe. Geräusche von Streit, von Protest, von Sachen der Mutter, die in Kisten geschleudert werden, von festem Inventar, das energisch abgeschraubt wird, von der Demontage des ganzen Hauses. Und das Kind spielt nervös weiter und summt dabei eine vertraute kleine Melodie.

War mir bewusst, dass das englische Empire von seinen eigenen Untertanen belagert wurde? War mir bewusst, dass sich, während ich in der halbwilden Suburbia des Großen Landes im Süden aus Gummibaumzweigen Kriegsspeere fertigte, in London alle möglichen Unruhestifter wie die Labour Party, die Suffragetten, Sinn Fein, die Indian Home Rule Society und Gewerkschaften jeglicher Couleur erhoben hatten? War mir bewusst, dass es Streiks, Hungermärsche, Demonstrationen, Krawalle gab? Natürlich nicht. Selbst Premierminister benahmen sich, als geschähe nichts davon. Aber irgendwann können die Möbelpacker nicht mehr warten; sie platzen ins Kinderzimmer und machen sich daran, die hübschen Bilder von der Wand zu reißen, und das Kind hält sich die Augen zu, späht aber dennoch unwillkürlich durch die Finger hindurch. Das geschah 1908.

Die ersten Dinge, die ich bemerkte, waren natürlich rein persönlich. Aus einem Grund, den ich nie begriffen habe, hatte meine Familie beschlossen, »nach Hause« zurückzukehren. Zuhause war für mich immer Australien gewesen, daher war die Vorstellung, dass wir irgendwie verloren gegangen oder nur in Ferien gewesen waren und nun zwölftausend Meilen mit dem Schiff fahren mussten, um zu unseren richtigen Betten zu gelangen, ein Schock. Doch meine Mutter bestand darauf, dass Zuhause England war, und nach sechs Wochen Elend auf See waren wir denn auch dort. Unsere neue Bleibe war in der Calthorpe Street in Bloomsbury, was, wie meine Mutter mir sagte, nicht sehr weit von dort entfernt sei, wo der große Charles Dickens einmal gewohnt habe. Ich hatte keinen Schimmer, wer dieser Mensch war; ich wusste nur eines, nämlich dass ich jetzt sehr, sehr weit weg von dort war, wo *ich* einmal gewohnt hatte.

Um meine Verwirrung noch zu vergrößern, ließ mich mein erster Schultag an der neuen Wohnadresse zweifeln, die ich mir so sorgfältig gemerkt hatte. Eine sauertöpfische alte Dame schrieb meinen Namen in ein großes Buch und teilte mir mit verachtungtriefender Stimme mit, die Calthorpe Street liege nicht in Bloomsbury, sondern in Clerkenwell. Meine Eltern bestritten das so vehement, dass ich zunehmend glaubte, sie hätten Unrecht, und bis zum heutigen Tage zögere ich einen Augenblick, bevor ich behaupte, ich hätte einmal in Bloomsbury gelebt, obwohl mir seitdem zahlreiche Experten versichert haben, die Calthorpe Street liege nie und nimmer in Clerkenwell und dass der Fehler bei der sauertöpfischen alten Dame zu suchen sei. Aber so ist Großbritannien eben. Binnen Minuten, nachdem ich einen Fuß in meine neue Schule gesetzt hatte, lernte ich, wie viel Unbehagen aus nichts und wieder nichts geschaffen werden kann.

Und was für eine Erziehung ich genoss! Zum ersten Mal war ich von englischen Spielgefährten umgeben und nicht von einer Antipodenhorde, die sich jenseits der Grenzen von Klasse und Anstand tummelte. Ich konnte kaum glauben, dass Kinder schon ein so hoch entwickeltes und umfassendes Wissen um die gesellschaftlichen Feinheiten hatten. Doch so war es. Alles von der Wohnadresse bis zur Platzierung eines Mantelknopfs war mit Sinn befrachtet, und Sinn bedeutete in der Regel Demütigung.

Die Eltern waren natürlich die Achillesferse. Man hatte das Gefühl, dass man sie sich ausgesucht hatte, und das schlecht. Als ich mitbekam, was englische Kinder als normal ansahen, kapierte ich auch, dass nahezu alles an meinen Eltern unnormal war. In der Torrington Infants School wurden Urteile gemäß einem ungeschriebenen Regelwerk gefällt, und meine Eltern waren jeder Menge Verstöße schuldig. Zum Beispiel: Meine Mutter hatte mich, ihr erstes Kind, mit Anfang dreißig geboren; das war geradezu bizarr, selbst in biblischen Begriffen weit hergeholt. Ja, einigen meiner Schulkameraden zufolge war das schlicht unmöglich. Bestimmt war sie davor schon einmal verheiratet gewesen und hatte eine Brut strammer Kinder verlassen, um mit einem neuen Mann von vorn anzufangen! Ich fasste mir ein Herz und fragte Mama, ob Papa ihr erster Ehemann sei.

»Na selbstverständlich«, sagte sie grinsend. »Und auch der letzte, das kann ich dir versprechen.«

»Aber was hast du denn davor gemacht?«

»Die Welt erforscht.«

»So wie Forscher in Afrika?«

»Genau wie Forscher in Afrika. Nur eben nicht in Afrika.«

»Wo dann?«

»Das habe ich dir doch schon so oft gesagt.«

»Aber warum warst du denn nicht verheiratet?«

Sie blickte in die Ferne, als wollte sie eine Landmarke im Nebel orten.

»Ich war noch nicht so weit.«

»Alle anderen Frauen heiraten, wenn sie jung sind.«

»Das stimmt nicht. Denk doch nur an Tante Primrose. Die hat überhaupt nie geheiratet.«

»Die ist eine alte Jungfer.«

»Na, also, das Wort habe *ich* dir aber nicht beigebracht. Und ich hab geglaubt, an der Schule bringen sie dir ausschließlich bei, wie man ›Rule Britannia‹ singt.«

»Ich hab ›alte Jungfer‹ von Freddy Harris gelernt.«

»Das ist ein dummer Junge. Du hast mehr Grips in einem Haar, das dir vom Kopf fällt, als der in seinem ganzen Schädel.«

Was mich wieder vor ein neues Rätsel stellte: Verlor man jedes Mal, wenn einem ein Haar ausfiel, winzige Mengen Grips? Waren deshalb sehr alte, kahlköpfige Leute häufig blöd?

»Warum hast du mit dem Erforschen aufgehört?«, fragte ich meine Mutter.

»Das habe ich ja gar nicht«, sagte sie. »Ich erforsche mehr denn je. Das hier ist das merkwürdigste Land überhaupt.«

Darin war ich mit ihr ganz einer Meinung.

So vertraut wir auch waren, erzählte ich Mama doch nicht, dass ein anderer Junge mir ein anderes Wort für das beigebracht hatte, was Tante Primrose war: *unnatürlich*. Tante Primrose lebte bei uns in unserem Haus. Sie hatte schon immer bei uns gelebt, schon in Australien, schon vor meiner Geburt. Sie war gut fünf Jahre älter als meine Mutter, aber wenn ich mir jetzt Fotografien von ihr ansehe, kann ich verstehen, wovon ich damals noch keine Vorstellung hatte: Dass sie eine außergewöhnlich schöne Frau war. Schöner jedenfalls als meine Mutter, die zwar große blaue Augen hatte, aber auch ein leichtes Doppelkinn, eine leicht vorstehende Stirn und ungebärdige, wollige blonde Haare. Tante Primrose war mit vollkommenen Zügen gesegnet, einem fein modellierten Hals, schokoladenbraunen Augen und einem schimmernden Wirbel dunkler Haare, die folgsam da blieben, wo sie hingehörten. Einige Jahrzehnte zuvor wäre sie vielleicht eine Muse der Präraphaeliten gewesen, auch wenn die darauf bestanden hätten, dass sie ein figurbetontes Samtkleid mit einem bestickten Oberteil trug. Solchen Dingen waren die Edwardianischen Jahre nicht förderlich.

Offen gestanden waren es schlechte Zeiten für Frauenmode. Meine Mutter trug zumeist das, was mehr oder weniger jede Frau ihrer Schicht trug: eine schlichte weiße Bluse, weit und formlos geschnitten, die den ungestützten, hängenden Busen, noch umhüllt mit Unterkleidern, barg, sodass ihr Torso dem einer Taube glich. Die Bluse steckte in einem knöchellangen grauen Rock, der am Gürtel fest eingeschnürt war. Als ich klein war, trug sie, wie ich mich erinnere, ungeheuer eindrucksvolle Fuchspelze, doch kurz nach unserer Ankunft in

England kam sie von einer mysteriösen öffentlichen Zusammenkunft nach Hause (sie ging immer zu mysteriösen Zusammenkünften) und erklärte, Füchse töten sei böse. Das war das Ende der großen, kuscheligen Felle, die ich so bewundert hatte. Stattdessen lief sie nun in einem langen, schwarzen Wollmantel herum, ganz im Stil des Futtersacks eines Droschkengauls. Im Haus trug sie einen Dutt, der ständig aufging, und auf der Straße einen Hut, der ebenso gut ein Klavierhockerkissen hätte sein können.

Tante Primrose dagegen war stets makellos gekleidet. Warum betrachteten meine Schulkameraden sie also als *unnatürlich*? Weil ihre Kleidung männlich war, deshalb. Sie bevorzugte förmliche Anzugjacken und Gehröcke, die leicht geändert waren, um den Schultern einen leicht femininen Bausch oder dem Busen eine Rundung zu geben, sich im Wesentlichen aber nicht vom Habit illustrer Parlamentarier unterschieden. Sogar eine Taschenuhr hatte sie. Damals erschien mir das gar nicht als männisch. Es war mir ein zu gewohnter Anblick, wie Tante Primrose sich zusammen mit Mama lachend auf dem Diwan räkelte. In meinen Augen war sie weich und kätzchengleich, tausend Meilen entfernt von den Männern, die steif durch meinen Alltag marschierten, von den mürrischen Schulmeistern, den grämlichen Straßenkehrern und den finsteren Polizisten. Aber wenn ich mit dem Abstand von fünfzig Jahren ein Foto von ihr betrachte, verblüfft mich die unfrauliche Direktheit ihres Blicks. *Wer bist du, mich zu richten?*, scheint sie zu dem Fotografen zu sagen, wie sie da in Morgenmantel, hohem Hemdkragen und Krawatte posiert.

Ich habe immer Tantchen zu ihr gesagt, nie Primrose. Meine Mutter nannte sie Poss. Sie meine Mutter Sophie.

Wie passte mein Vater in dieses Arrangement? Also abgesehen davon, dass er eine Hälfte von mir gemacht hat? Ich weiß es noch immer nicht genau. Er nannte meine Mutter Herzchen, immer Herzchen. Aber er sagte es etwas zerstreut, so wie Männer Selbstgespräche führen, wenn sie mit einer anstrengenden Aufgabe beschäftigt sind. Oder er sprach es mit schelmischer Emphase aus, veralberte, was sie von ihm wollte, worauf sie sich mit einem gereizten Pff aus ihrem Schmollmund die ungebärdigen Locken aus der Stirn blies.

Mein Vater war zwar stark behaart und hatte eine tiefe Stimme, war aber nicht sehr groß und erfüllte ebenso wenig wie Tante Primrose die Normalitätsvorgaben, die meine englischen Schulkameraden gesetzt hatten. Zunächst war er Künstler: Maler. Anderer Leute Häuser waren voller Nippes, Porzellan und dem Geruch von Potpourris, unseres war voller Bücher, halb fertiger Leinwände, alter Lappen, steif von getrockneter Farbe, und Terpentinaroma. Nicht, dass wir weniger wohlhabend gewesen wären als die Leute mit dem Nippes und dem Porzellan. Wir hatten eine gesicherte bürgerliche Existenz. Aber damals redete niemand über Geld, daher habe ich nur sehr geringe Vorstellungen, wie unsere Annehmlichkeiten finanziert wurden, außer dass mein Vater gelegentlich den Auftrag erhielt, jemanden zu porträtieren, was ihn übellaunig machte und zu leidenschaftlichen Vorträgen über die Heiligkeit des reinen künstlerischen Ausdrucks veranlasste. »Schnöder Mammon!«, brummelte er dann und trat gegen einen losen

Gegenstand, der das Pech hatte, auf dem Fußboden zu liegen. Ich vermutete, dass »Mammon« wohl eine Art Schmutz war, der von den verdreckten Londoner Straßen an den Sohlen ins Haus gebracht worden war.

Ich glaube, Mama hatte geerbt. Offenbar war uns eine beträchtliche Menge Geld von einer rätselhaften Gestalt namens Miss Sugar hinterlassen worden; sie wurde nur in gemurmelten Unterhaltungen erwähnt, wenn man glaubte, ich sei sicher außer Hörweite. Miss Sugar: Was für ein Name! Wenn ich ihn jetzt ausspreche, muss ich zugeben, dass er wie eine Ausgeburt der Phantasie klingt, fast schon wie Knecht Rupprecht oder die Zahnfee. Ob er wohl echt war? Ich kann nur sagen, dass in den nächtlichen Reminiszenzen, die ich belauschte, über Miss Sugar als reale Person gesprochen wurde, als standhafte Reisegefährtin meiner Mutter während ihrer Erforschung der Welt.

Ach, jetzt haben mich wieder diese überlebensgroßen Frauen wie immer von meinem Vater abgelenkt. Mein Vater ... was war mein Vater abgesehen davon, dass er Maler war? Er war ... er war ein *Bohemien*. Auch das war kein Wort, das meine Mutter mir beigebracht hatte. Ich lernte es von Mr. Dalhousie, einem Lehrer an meiner Schule, der es aussprach, als wäre seine Zunge mit Anis belegt. Mein Vater war von der Gesellschaft von Männern wie Mr. Dalhousie ausgeschlossen, weil er morgens lange schlief und einen Großteil des Tages damit verbrachte, Farbe auf Paletten zu drücken, sich den Bart zu kratzen, geistesabwesend in seinem Studio auf und ab zu tigern, dabei einen Pfirsich von einer Hand in die andere zu werfen und Nickerchen zu halten.

Wenn ich ihn mir ins Gedächtnis zurückrufe, sehe ich ihn nur selten im Anzug, auch wenn er durchaus in der Lage war, das Haus in einem solchen Kleidungsstück zu verlassen. Aber er verließ das Haus nur selten. Es gab praktisch nichts, was er draußen machen wollte, außer ein paar Kunstgalerien aufzusuchen oder beim Tabakladen vorbeizuschauen. Selbst seine Malutensilien besorgte er sich per Post bei Händlern, denen er vertraute, ohne den Aufwand, in der ganzen Stadt herumzulaufen. Lieber streifte er in unserem kleinen Haus in der Calthorpe Street von Zimmer zu Zimmer, die Augen unablässig auf eine Höhe gerichtet, auf der, hätte ein Mensch vor ihm gestanden, sein Unterleib gewesen wäre. Er trug gern grobe Arbeiterhosen und ein weites Hemd mit farbbespritzten Ärmeln. Seine Gemälde zeigten Männer, die, ähnlich leger gekleidet, im Wald oder an einem Flussufer in Gesellschaft nackter Frauen an einem Baum lehnten. Nie bekam er dieses Thema satt. Es müssen Dutzende von Leinwänden gewesen sein, die aneinandergeschichtet in einer Ecke des Studios standen, vielleicht hundert oder mehr nackte Frauen und bekleidete Männer, die in engem Kontakt miteinander standen, manche schon lange trocken, andere noch leicht feucht. Keines dieser Gemälde wurde je verkauft.

Ganz anders die Porträts meines Vaters. Darin verband er (wie ein zeitgenössischer Kritiker es voller Bewunderung formulierte) »Innovation mit handwerklichem Können, so als wäre ein moderner Künstler wie John Singer Sargent vom Fauvismus angeregt worden und damit nicht schlecht gefahren«. Ich weiß noch immer nicht so genau, was das bedeutet, aber an die Porträts meines Vaters erinnere ich mich sehr gut. Auf die Gesichter verwandte er große Sorgfalt, hatte ein Gespür für Haut und nahm sich gern Freiheiten bei der Kleidung des Modells. Kleider verschwammen zu impressionistischen Mustern, Schuhe wurden dunkle Kleckse. Manchmal, wenn er eine ganze Töchterfamilie malen musste, bekamen die Hände derer, die er als weniger interessant empfand, eine unklare Zahl von Fingern. Beine und Arme waren häufig länger als anatomisch plausibel. Doch die meisten Kunden waren zufrieden; sie meinten, sich in einem edleren Medium als der Fotografie verewigt und überdies einen aufsteigenden Stern der Avantgarde gefördert zu haben. Doch wie sich zeigen sollte, stieg der Stern meines Vaters durch den verrauchten Himmel über Bloomsbury geradewegs ins Nichts.

Damals wussten wir das noch nicht. Mein Vater war das Familienoberhaupt. Er hatte einen Beruf. Meine Mutter und Tante Primrose hatten keinen, es sei denn, die Arbeit für Suffragettenorganisationen war einer. Vermutlich war es so. Ich wuchs ja in einer schrecklichen Verwirrung darüber auf, was Arbeit war und wer sie machen sollte und wer nicht. Manche Kinder an der Torrington Infants waren der Meinung, dass Herren und Damen gar nicht arbeiteten: Nicht zu arbeiten machte sie überhaupt erst zu Herren und Damen. Verbreiteter aber war 1908 die Ansicht, soweit ich sehen konnte, dass Männer einträglich beschäftigt sein, Damen hingegen für nichts, was sie taten, bezahlt werden oder es wenigstens nicht *nötig* haben sollten. Die Heerscharen von Frauen, die in Fabriken oder Läden schufteten, wurden als bedauernswert betrachtet; ihr einziger Anspruch auf

Würde war, dass sie nicht zu Bettlerinnen oder Prostituierten abgesunken waren. Was das Dienstpersonal anging, konnte ich mir einfach nicht erklären, was es mit ihnen auf sich hatte. Unsere Familie beschäftigte ein Mädchen für alles, auch wenn Mama und Tante Primrose meinten, Bedienstete beleidigten den Sozialismus. Rachel hieß sie, glaube ich. Sie sagte kaum einmal etwas.

Doch um auf meinen Vater zurückzukommen ... Mama und Tante Primrose behandelten ihn immer mit liebevoller Herablassung, als wäre er ein Hund. Der einen gelegentlich auf die Palme brachte, der unzureichend domestiziert war, aber immer amüsant. Er scharwenzelte um sie herum, eben wie ein Hund. Er hatte die Angewohnheit, seine großen braunen Augen so einzurichten, dass sie flehentlich schimmerten, wenn er Hunger hatte. Er schlief, wann er wollte. Ja, er schlief an so vielen Orten im ganzen Haus, dass ich nie einen Begriff vom »Bett« als dem Altar ehelicher Intimität entwickelte. Deshalb hüte ich mich auch, anderen Leuten zu sagen, dass Mama und Tante Primrose ein Bett teilten und dass meine Mutter und mein Vater nur gelegentlich zusammen schliefen. Sex: Heute denken die Leute an nichts anderes, und je ausgefallener, desto besser. Bei uns war das nicht so. Zu einer bestimmten Nachtzeit, wenn Mama und Tante Primrose es leid geworden waren, über das Frauenwahlrecht und die Sünden der Regierung zu sprechen, verzogen sie sich ins Bett, wo vielleicht schon mein Vater lag und wie eine Dänische Dogge schnarchte. Dann machten sie einfach das Beste daraus. Unnötig, in allem ein Techtelmechtel zu sehen. Es stimmt schon, dass meine Mutter und Tante Primrose sich häufig küssten und umarmten, aber nicht so oft, wie Mama mich knuddelte, und Sie wären überrascht, wie viele Frauen in jener Zeit miteinander zugange waren. Das war völlig normal. Und was den Zustand der Ehe meiner Eltern angeht, na, es gibt mich doch, oder? Um mich zu machen, brauchte es zwei.

Ach, und ich habe meinen Vater wohl falsch dargestellt, als ich ihn mit einem Hund verglich. Ich will damit nicht sagen, dass er keine Autorität besaß. Schließlich war er ja ein Mann, und jene Zeit war eine Männerwelt. Beinahe täglich gab es Umstände, in denen die Frauen daran erinnert wurden, dass nicht sie die Zügel in der Hand hatten und auch nie haben würden. Behördliche Schreiben, unsere Familie, unser Haus, unsere Ausgaben, meine Schule, neue Öffnungszeiten der Camdener Stadtbücherei und alles nur denkbare andere betreffend, waren stets an meinen Vater adressiert. Bürokraten, Händler, Ärzte, Postboten, Pfarrer, Kellner, Gepäckträger, die ganze Bande: Sie ignorierten meine Mutter und Tante Primrose und richteten ihre Bemerkungen an meinen Vater.

Seltsamerweise schien das meine Mutter und Tante Primrose nicht zu stören. »Zeit, deinen mächtigen Säbel zu ziehen, Gilbert«, sagten sie, wenn ein lästiger Mann an der Tür war und sich hartnäckig weigerte, mit ihnen zu sprechen. Oder sie ließen Papa auf die schändlichen Bürokratieknechte los. Ich habe eine lebhafte Erinnerung daran, wie meine Mutter auf dem Salonfußboden sitzt, Tante Primroses Beine als Rückenstütze, während die beiden die Tagespost durchsahen. »Hier ist was von dieser abscheulichen Person in der Stadtbibliothek«, sagte meine Mutter und legte den Kopf in den Schoß von Tante Primroses Rock, um das wichtig wirkende Schreiben, das sie über ihrem Gesicht hielt, besser zeigen zu können. Sie rezitierte den Inhalt mit demselben spöttischen Bombast in der Stimme, den sie für Humpty Dumpty verwandte, wenn sie mir *Alice im Wunderland* vorlas. »›Es schmerzt mich, Sie darauf hinzuweisen, was zu unterstellen ich mich, seien Sie versichert, niemals erdreistet hätte, hätte ich nicht die Wahrheit dessen über jeden Zweifel hinaus verifiziert, da jedes von dieser Bücherei entliehene Buch bei der Rückgabe rigoros geprüft und jede Beschädigung sogleich angezeigt wird. Daher sehe ich mich mit großem Bedauern und nicht geringer Verlegenheit gezwungen, Ihnen zur Kenntnis zu bringen, dass Ihre Gattin das Buch, das sie bei uns am 21. entliehen hat, nämlich *Weibliche Erziehung und die Gesundheit der Nation* von Dr. Lucius Hogg, verunstaltet hat, indem sie allerlei herabwürdigende und, offen gestanden, ungehörige Glossen an den Rand geschrieben hat.‹« An der Stelle bekamen die beiden Frauen einen Kicheranfall. »Na, das ist ja wieder was für Gilbert«, sagte meine Mutter und warf den Brief in die Luft. Eine Woche darauf traf eine schriftliche Entschuldigung aus der Bücherei ein, und die Frauen kringelten sich und quietschten vor Vergnügen.

Heute werde ich gefragt, wie es war, der Sohn eines Blaustrumpfs zu sein. Darüber habe ich nie nachgedacht. Dass meine Mutter energisch für die Rechte der Frau eintrat, erschien mir natürlich, als ein Teil ihrer Persönlichkeit, wie eine Abneigung gegen Tapiokapudding oder eine Vorliebe für Schnee. Und weil ich immer *Kind, Junge, Püppi,* Snookums, Engel oder einfach Henry genannt wurde, betrachtete ich mich auch nicht als angegriffen, wenn Mama oder Tante Primrose über jene entsetzlichen Wesen, *Männer*, herzogen.

Auch muss ich klarstellen, dass meine Mutter kein gehässiger Mensch war und ihr Streit mit der Welt der Männer weniger auf Hass denn auf Empörung gründete. Sie hatte mit Männern, die sie aufregten, gern hitzige Auseinandersetzungen, schubste sie um, wenn sie konnte, und ging weiter. Sie und Tante Primrose arbeiteten als eine Art Varietéduo; Mama machte es mit Charme und entwaffnender Ehrlichkeit, Tante Primrose dagegen steuerte das sardonische Element bei. Mein Vater war – wenn Sie entschuldigen, aber es ist definitiv nicht als Scherz gemeint – der Stichwortgeber. Als wir noch im Ausland lebten, hatte ich unsere Familie nie als Unruhestifter angesehen. In Australien schien jeder ständig zu streiten und Gefallen daran zu finden. Erst als wir uns wieder in England niederließen, machte ich die Erfahrung, dass Meinungsverschiedenheiten ein Skandal sein konnten. Und es dauerte eine Weile, bis ich das begriffen hatte. Anfangs genoss ich es, dass sich immerzu alle möglichen komischen neuen Leute bei uns zu Hause sehen ließen und sich über das, was meine Eltern sagten und taten, lauthals überrascht und gekränkt zeigten. Doch in den Monaten, die zum 21. Juli 1908 führten, wurde die Stimmung bei diesen Besuchen zunehmend säuerlich, und ganz allmählich spürte ich, dass meine Familie in einem langen, erbitterten Krieg steckte und dass es Opfer geben konnte.

An einen solchen Anlass habe ich eine ungewöhnlich klare Erinnerung. Tante Primrose hatte eine reiche Frau namens Felicity zum Essen eingeladen, und Felicity hatte ihren Gatten mitgebracht, Mr. Brown. Tante Primrose arbeitete bei einer Reihe von Wohltätigkeitsvereinen mit und war beständig auf der Suche nach Geldgebern; wahrscheinlich hatte sie ein Auge auf Felicity als potenziellen Zugang zu dem Vermögen geworfen, das Mr. Brown mit seinen Schuhfabriken gemacht hatte.

Die Phase des Abends nach dem Essen begann recht heiter. Mr. Brown und mein Vater rauchten Zigarren und diskutierten über Kunst, ein Thema, bei dem Mr. Brown, ein Selfmademan aus Manchester, ernsthaft versuchte, seinen Horizont zu erweitern. Die beiden Männer schlenderten immer wieder in den Salon, um mit den drei Damen, die über die Zukunft der Welt, die Reformierung der Gesellschaft und Damenschuhe redeten, die eine oder andere Höflichkeit auszutauschen. Ich drückte mich hinterm Esstisch herum, gab vor, Märchenbücher zu lesen, und genoss es, so lange aufzubleiben. Schließlich erging sich meine Mutter mit Hilfe guten Rotweins in Erinnerungen an ihre Kindheitserlebnisse, die sie zu dem gemacht hätten, was sie heute sei.

»Als ich ein kleines Mädchen war«, sagte sie, »nahm mich mein Vater auf einen Ausflug mit, nach Lambeth. Wir hatten eine eigene Kutsche, und ich war sehr gespannt darauf, die große weite Welt zu sehen.«

»Die sagenhaften Türme von Lambeth«, murmelte Tante Primrose grinsend.

»Ich war noch nie auf der anderen Seite der Themse gewesen«, fuhr meine Mutter fort. »Es erschien mir so exotisch wie Amerika. Mein Vater hatte dort geschäftlich zu tun. Ich sah seinen …« Und dann lächelte sie und schüttelte den Kopf, wie sie es immer tat, wenn sie auf etwas in ihrer Vergangenheit stieß, das ein Geheimnis bleiben musste.

»Entschuldigen Sie, seinen was?«, sagte Felicity Brown.

»Der Verkehr war sehr dicht«, sagte meine Mutter, die Frage überhörend, »und unser Kutscher machte einen Umweg durch die ärmeren Straßen. Die Häuser standen wild durcheinander und waren kurz vorm Einfallen, und überall hingen vor unseren Augen Unterwäsche und Bettlaken. Ich konnte es kaum fassen. Ich hatte schon vorher arme Leute gesehen – Hausierer und Scherenschleifer und so weiter –, und ich wusste, dass sie schäbige Sachen trugen und säuerlich rochen. Aber ich dachte, sie wohnten in malerischen kleinen Häuschen.«

»Wie Lebkuchenhäuschen«, meinte Felicity Brown.

»Genau. Die Wahrheit erfüllte mich mit Schrecken. Ich reckte den Kopf aus dem Kutschenfenster und hielt Maulaffen feil. Wir gelangten durch eine fürchterliche Straße, die schlimmste. Ein kleines Mädchen spielte mit einem Eimer. Es war barfuß, fast nackt, und trug nur ein zerschlissenes, schmutziges Hemd.«

Meine Mutter neigte den Kopf zurück und kniff die Augen zusammen, als spähte sie durch ein Fernglas auf etwas weit Zurückliegendes, das es noch gab.

»Ich fand, sie sah genauso wie ich aus: ein Spiegelbild. Vielleicht hatte ich ja Unrecht; ich hatte nicht viele Kinder meines Alters gesehen. Aber mich ergriff das machtvolle Gefühl, dass dieses Schmuddelkind auch ich hätte sein können, wenn ich in dieser Straße geboren worden wäre. Dann hob sie ein Stück … Hundedreck auf und warf es nach mir. Sie zielte sehr gut, das muss ich sagen. Sie traf mich genau zwischen den Augen.«

Tante Primrose schnob vor Lachen, und Felicity

Brown gestattete sich in ihrer Verwirrung ein lautloses Glucksen.

»Ich glaube, von dem Augenblick an war es meine Bestimmung, Sozialistin zu werden«, schloss meine Mutter.

»Unsinn«, sagte Tante Primrose. »Eine andere hätte genau dasselbe erleben können und beschlossen, die Armen künftig auf immer mit dem Absatz zu zertreten. Aus Rache.«

»Rache ist hässlich«, erklärte meine Mutter. »Ich muss dabei an Militärs mit kleinen Augen und Epauletten denken.«

Tante Primrose, die gegen ein bisschen Rache nichts einzuwenden hatte, wenn sie nur schwungvoll ausgeführt wurde, ließ Mama diese fromme Haltung nicht durchgehen. »Du hast mir doch mal erzählt, du würdest aus Rache an dem faden Essen, das man dir als Kind vorgesetzt hat, scharf gewürzte Sachen essen.«

Meine Mutter streckte Tante Primrose die Zunge heraus, eine Handlung, die in Australien nie als besonders ungehörig gegolten hatte, auf die Felicity Brown jedoch mit einem kleinen, verschreckten Kopfrucken reagierte, so als hätte sich gerade jemand übergeben.

»Na schön«, sagte meine Mutter, »dann rächen wir uns eben alle an gekochtem Hammel, Kartoffelbrei und Milchpudding. Die haben's verdient. Unter denen habe ich mehr gelitten als unter Kacke im Gesicht.«

Ich wusste, dass das Wort *Kacke* in feiner Gesellschaft verboten war und dass der Umstand, dass meine Mutter es gerade in die Unterhaltung geworfen hatte, bedeutete, dass die Sache vielleicht aus dem Ruder lief. Dieser Eindruck wurde durch Mr. Brown bestätigt, der hinzutrat, als Mama gerade über herzlose Politiker und ausbeuterische Fabrikbesitzer herzog. Mrs. Brown mühte sich mannhaft – frauhaft? –, die Wogen zu glätten, die meine Mutter aufgewühlt hatte. Dann wurde Mr. Brown – der inzwischen ordentlich Wein getrunken hatte – ärgerlich und verteidigte das Recht der Fabrikbesitzer, auf einem Wettbewerbsmarkt wettbewerbsgerecht zu operieren. Worauf meine Mutter entgegnete, Wettbewerb sei eine typisch männliche Obsession, ohne die es uns allen in der künftigen, besseren Welt besser ginge. Mr. Brown forderte sie auf, doch mal zu erklären, wie diese bessere Welt geschaffen werden solle, worauf meine Mutter sich, angestachelt von Tante Primrose (die ihre Tagträume, Mrs. Brown zu Spenden zu verführen, offenbar aufgegeben hatte), über Politik verbreitete. Die Labour Party, sagte sie, habe bei ihrer ersten Wahl mit ganzen zwei Kandidaten Erfolg gehabt, aber nur sechs Jahre später schon neunundzwanzig Abgeordnete durchgebracht, und beim nächsten Mal werde sie die bestimmt auf hundert steigern. Da riss Mr. Brown der Geduldsfaden.

»Wachen Sie auf, gute Frau!«, rief er aus. »Die Labour Party wird es nie zu etwas bringen! Das ist ein einfaches Evolutionsprinzip! Ein halb gebildeter Affe klettert eine Sprosse auf der Leiter hinauf und geht zur Labour Party, dann steigt er noch ein paar Stufen höher und macht sich ein umfassenderes Bild …«

»Sie meinen, ein Bild davon, wie viele Arme gepeitscht werden und hungern müssen, um seine Bananen zu produzieren?«

»Bananen wachsen auf Bäumen, soviel ich weiß. Und Ihre ›Armen‹ werden weniger arm, wenn wir ihnen gutes Geld bezahlen, damit sie die Bananen pflücken.«

»Das klingt ja wie das Paradies, Mr. Brown, mit einer Drei-Penny-Zulage«, zischte meine Mutter, das Gesicht rot vor Erregung. »Ach, die Mildtätigkeit von Mutter Natur! Alles fällt von den Bäumen! Ihre Uhrenkette vom Uhrenkettenbaum, ihre Weste vom Westenbaum, Ihre Kutsche vom Kutschenfeld. Sagen Sie mir, wann die nächste Schuhernte reif ist, Mr. Brown, dann gehen wir zusammen Schuhe sammeln!«

Das Schweigen, das auf diesen Wortwechsel folgte, war sehr unangenehm, doch Tante Primrose hatte ein besonderes Talent, solche Pausen mit genau der richtigen Bemerkung zu beenden.

»Ich mache mir nichts aus Bananen«, sagte sie und zwinkerte dabei unanständig. »Sie zu schälen ist doch stets erfreulicher als sie zu verzehren.«

Mr. Brown verschränkte die Arme vor der Brust. Seine Frau blickte etwas verloren zum Flur hin, wo ihr Mantel an der schmiedeeisernen Garderobe hing.

»Die Damen mögen so zynisch sein, wie sie wollen«, sagte Mr. Brown. »Ich kann mit Ihren Witzeleien nicht mithalten. Aber ich verstehe die menschliche Natur, und es ist doch eine schlichte Tatsache, dass der Mensch, sobald seine Grundbedürfnisse befriedigt sind, keine Lust mehr verspürt, in einem Mob aus verschwitzten Grobianen Spruchbänder schwenkend durch die Straßen zu ziehen.«

»Na, hören Sie mal, wer von uns ist denn jetzt zynisch?«

»Realistisch.«

»Realistisch für wen?«

»Die menschliche Rasse.«

»Ach ja? Und wer entscheidet, wer dazugehört?«

Meine Mutter war so aufgedreht, dass sie den Disput noch bis weit in die Nacht hinein hätte fortsetzen können, doch plötzlich meldete sich mein Vater.

»Nun, Mr. Brown«, sagte er ruhig, »ich bin ein Mann, und meine Grundbedürfnisse sind befriedigt, dennoch werde ich nächsten Sonntag durch die Straßen marschieren und mein Ende eines Spruchbands hochhalten.«

Ich weiß nicht mehr, was danach gesagt wurde, wenn überhaupt etwas. Ich weiß nicht mehr, durch welche Zauberei die Browns aus dem Haus befördert wurden, um nie mehr wiederzukommen. Ich weiß nur noch, mit welch heftiger Zuneigung Mama Papa umarmte. Ihre klammernden Hände auf seinem Rücken wurden weiß. Ihre Wangen waren aneinandergepresst. Ich glaubte, er werde sicher gleich aus Atemnot zusammenbrechen. Doch sie standen eine halbe Stunde, wie es mir erschien, so zusammen. Dann gähnte Tante Primrose, sagte »Gut gegeben, Gilbert« und rollte sich zum Schlafen auf dem Sofa ein.

Ich weiß, jetzt ist Ihre Neugier geweckt. Ich weiß, Sie wollen etwas über den Marsch erfahren. Vielleicht haben Sie darüber in Geschichtsbüchern gelesen. Und da bin ich nun – »lebende Geschichte«, wie es so heißt –, und Sie bedenken doch wohl, dass ich 92 Jahre alt bin und vielleicht nicht mehr lange habe, meine Geschichte zu erzählen. Aber verzeihen Sie: Ich möchte noch ein wenig länger bei meinen Eltern verweilen und bei Tante Primrose und wie es für uns war in dieser seltsamen Zeit, als wir uns in England niederließen.

Heute nennt man das wohl einen Kulturschock. Ich vermisste alles, was ich hinter mir gelassen hatte. Ich vermisste die Luft, die ich dort geatmet hatte. Ich vermisste die baumgesäumten, laubbestreuten Straßen von Mount Macedon, über die wir gefahren waren, wenn wir von Tante Primroses Bruder nach Melbourne heimkehrten. Ich vermisste die linden Nachmittage, an denen wir im Botanischen Garten Picknick machten. Ich vermisste den Eukalyptusgeruch. Äpfel und Birnen schmeckten völlig falsch, und auf dem Londoner Trinkwasser schwamm ein Schaum, der, wie Mama mir versicherte, kein Schmutz war, sondern Kalk. Den herrlich klaren Himmel Victorias – also, das Land Victoria, nicht Viktoria, die englische Königin – hatten wir dummerweise für die feuchte, verpestete Atmosphäre einer verdreckten Metropole eingetauscht. In Bloomsbury konnte ich nirgends spielen, und (das war ein weiterer Schock) ich durfte nicht mehr mit Fremden sprechen. Stellen Sie sich das vor! Wenn ich in Australien zu lange an den unkultivierten Rändern unseres Viertels gespielt hatte und die Sonne plötzlich untergegangen war, war es gut möglich, dass ein Fremder mich nach Hause brachte. In London zerrte mich ein Fremder wahrscheinlich (wenn ich den Warnungen meiner Mutter glaubte) in eine dunkle Gasse, zog mich nackt aus und verkaufte meine Sachen auf dem Markt der Petticoat Lane. Noch eine Sorge, die der Mängelliste dieses Landes hinzuzufügen war!

Eines Nachmittags beschwerte ich mich bei meiner Mutter über das alles und gab ihr zu verstehen, wir hätten einen Fehler begangen und dass es doch eine gute Idee wäre, so schnell wie möglich an Bord eines Schiffes zu gehen und nach Hause zu fahren.

Stattdessen bedeutete mir meine Mutter, auf ihren Schoß zu klettern. Sie wiegte mich an ihrem Busen, der groß und weich war, obwohl sie keine füllige Frau war. Sie streichelte mich so zärtlich, dass ich schon spürte, sie würde mir gleich Schmerzen bereiten.

»Das Leben kann nicht immer so laufen, wie wir es uns wünschen«, sagte sie.

»Warum nicht?«, sagte ich.

»Manche Sachen passieren eben.«

»Dass wir hierher gekommen sind, ist nicht passiert. Das haben wir gemachtet. Das hast *du* gemachtet.«

»Gemacht, Liebster. Wir haben es *gemacht*.«

Sie strich mir über die Haare, glättete sie über den Ohren. Ich zuckte gereizt mit den Schultern, als wäre ich kitzelig.

»Gibt es unser Haus in Australien noch?«

»Natürlich gibt es das noch, mein Engel. Häuser fallen nicht einfach um.«

»Aber warum können wir dann nicht mehr hin?«

»Weil … weil wir gegangen sind.« An der Art, wie ich mich wand, konnte sie erkennen, dass ich diese Antwort äußerst unbefriedigend fand. Es war eine Hutmacherantwort, eine Schnapphasenantwort. Mama konnte nicht erwarten, dass sie mir hundertmal die *Alice*-Bücher vorlas und dann mit so einem Unsinn davonkam.

»Ein Haus kann nur eine Zeit lang ein Zuhause sein«, sagte sie schließlich. »Ein Zuhause sein ist nicht einfach. Häuser werden müde.«

Frustriert haute ich ihr auf die Brust, so fest ich konnte. Diese Gewalt schockierte uns beide. Sie presste mich noch fester an sich.

»Pass auf«, sagte sie. »Pass mal auf. Ich erzähle dir jetzt etwas, das ich bis auf Poss und deinem Vater noch niemandem erzählt habe. Du musst mir versprechen, es keiner Menschenseele zu sagen.«

Ich versprach es nicht. Vermutlich nahm sie mein Schweigen als Versprechen. Und jetzt breche ich das Schweigen, indem ich es Ihnen erzähle, weil ich nicht erkennen kann, dass es noch wichtig ist. Jeder in dieser Geschichte ist schon lange gestorben, und auch ich bin bald Geschichte. Aber schließlich sind wir ja alle Geschichte, oder? Geschichte, das sind wir alle, von einem Ende bis zum anderen, bis … na ja, bis zum Ende. Was genauso eine halbgare Platitüde ist wie die, die ich von meiner Mutter erwartete, um mich zu beruhigen, als ich sie schlug.

»Die Wahrheit ist«, sagte sie, »dass es nicht stimmt, was ich dir gesagt habe, dass ich nämlich in einem kleinen Dorf auf dem Land geboren bin. Ich wurde in London geboren. In einem Haus nur wenige Meilen von hier. Da habe ich gelebt, bis ich sieben war. Dann wurde ich … wurde ich weggebracht. Meine Erzieherin hat mich weggebracht. Ich dachte, wir würden wieder zurückkommen. Aber das sind wir nicht.«

»Warum haben deine Mama und dein Papa sie nicht aufgehalten?«

»Meine Mama hat da schon nicht mehr gelebt. Und mein Papa … Ich weiß es nicht. Ich weiß nicht. Das war kein Zuhause mehr. Bitte versuch, das zu verstehen. Das Zuhause ist kein Haus. Das Zuhause ist das Gefühl, irgendwo geborgen zu sein, und ich habe mich bei meinem Vater nicht geborgen gefühlt. Also sind meine Erzieherin und ich in die Welt hinausgegangen und haben uns umgesehen ...« Sie machte eine lange Pause, ohne dabei zu atmen, so als liege ihr der Rest des Satzes schon auf der Zunge und sei im Begriff herunterzuspringen. Dann legte sie mir die Wange auf den Kopf und seufzte: »Umgesehen.«

»Sie hat gegen das Gesetz verstoßen, deine Erzieherin, oder?«, sagte ich.

Mama gluckste leise. »Bestimmt.«

»Dann hätte die Polizei sie verhaften sollen.«

»Daran habe ich dann auch gedacht. Als ich ungefähr vierzehn war. Die arme Miss Sugar ... Ich habe ihr solche Moralpredigten gehalten! Sie stellte mir mein Frühstück hin, und ich hatte die Nase in der alten, ramponierten Bibel meines Onkels und war eingeschnappt.«

Irgendwie muss ich meiner Mutter mit dem Körper mitgeteilt haben, dass ich nichts von alledem verstand. Sogleich ließ sie von ihrem erwachsenen Sinnieren ab und fand ein Bröckchen, das ich verdauen konnte, ein Bonbon für den kleinen Jungen.

»Die Polizei hat Wichtigeres zu tun«, sagte sie, »als wehrlose Frauen zu verhaften. Die muss Räuber und Mörder fangen.«

Das stellte mich eine Weile zufrieden. Erst Tage später, als meine Mutter und Tante Primrose die bevorstehende Entlassung einer ihrer Suffragettenfreundinnen aus dem Gefängnis Holloway erörterten, erinnerte ich mich, dass Polizisten eben doch wehrlose Frauen verhaften konnten und es auch taten. Offenbar gab es nicht genügend Räuber und Mörder, um sie auf Trab zu halten.

Erst im Rückblick erscheint es überraschend, dass meine Mutter nie selbst verhaftet wurde. Sie verstieß, ebenso wie die halb mythische Miss Sugar, in vielerlei Hinsicht gegen das Gesetz. Beispielsweise jagte sie mir manchmal einen großen Schrecken ein, wenn wir zusammen unterwegs waren und sie in Buchhandlungen Bücher stahl. Ihre Technik war zwar nicht eben dreist, doch es mangelte ihr an der verstohlenen Finesse des talentierten Ladendiebs. Sie stopfte sich das Buch einfach in den Mantel – wobei sie mich, wie mir jetzt auffällt, als Deckung benutzte – und schlenderte aus dem Laden. Dann lief sie geradewegs zum nächsten Gully und ließ das Buch hineinfallen, und wenn es stecken blieb, half sie mit der Fußspitze nach. Die Bücher handelten immer von Frauen und der »Frauenfrage«. Mama genoss das Geräusch, das sie machten, wenn sie in das Abwasser fielen.

Auch meldete sich meine Mutter regelmäßig für den Straßenverkauf von *Votes for Women*, ein Groschenblatt, und stellte sich damit trotzig auf den Bürgersteig, was bedeutete, dass sie wegen »Behinderung« belangt werden konnte. Rückblickend sollte man doch meinen, dass eine Frau, die ihre Zeitung mitten im Straßenverkehr verkauft, eine verdammt größere Behinderung darstellt, als wenn sie es auf dem Bürgersteig tut, aber so ist es eben: so bestimmten es die da oben. Natürlich war das alles ein einziges Katz-und-Maus-Spiel. Aber meine Mutter weigerte sich, die Maus zu sein. »Ich gehe nicht in der Gosse«, sagte sie, als gesetzesfürchtigere Freundinnen ihr das rieten. »Das mache ich nicht.« Und sie machte es auch nie – außer natürlich, wenn sie Bücher mit Titeln wie *Die natürliche Bestimmung des Weibes* beseitigte.

Ich hoffe, ich erwecke nicht den Eindruck, dass meine Mutter mit allem durchkam oder dass Amtspersonen bei ihren Übertretungen immer ein Auge zudrückten. Auch sie erlebte ihre Pleiten. Aber jedes Mal, wenn man ihr in die Quere kam, musterte sie ihren Peiniger – Polizist, kleinlicher Beamter, Ladenbesitzer, egal –, als wäre er ein bedauernswerter Irrer, dessen Mission es war, Leute von etwas Einwandfreiem und Unschuldigem wie Teetrinken oder Fußnägelschneiden abzuhalten. Tante Primrose dagegen war viel leichter bekümmert, obwohl sie nach außen hin so kühl war. Das drollige Selbstbewusstsein, das sie in der Öffentlichkeit zur Schau trug, brach im Privaten gern zusammen, und oft, wenn ich mit kindlicher Begeisterung über etwas ins Haus gerannt kam, hockte Tante Primrose zusammengekauert in einem Sessel, sog hektisch an einer Zigarette, und Tränen liefen ihr übers Gesicht. Oder wenn die Regierung gerade außergewöhnliche Bosheit oder Feigheit bewiesen hatte, hörte ich sie brüllen: »Wie konnten sie nur! Wie konnten sie nur!« und so weiter. »Lass dich nicht so von denen fertigmachen, Poss«, sagte meine Mama dann und legte ihrer Freundin den Arm um die Schulter. »Lass dich einfach nicht so fertigmachen.«

Nur zwei Mal habe ich Mama vor Enttäuschung in Tränen aufgelöst erlebt. Das erste Mal wegen etwas, das mir wie eine Bagatelle erschien. Wir waren gerade frisch nach England zurückgekehrt, und sie erkundete mit mir die Regent Street; wir gingen in ein Kaufhaus, und sie fragte nach einer bestimmten Parfümmarke. Der Abteilungsleiter sagte ihr, sie führten sie nicht. Meine Mutter ließ nicht locker: Es sei ein sehr bekannter Hersteller, sagte sie. Ich habe nie davon gehört, Madam, sagte der Abteilungsleiter. Das ist unmöglich, sagte meine Mutter: Die machen doch auch die Seife und das Badesalz! Der Abteilungsleiter entschuldigte sich und sagte, er habe von dieser Marke nie gehört, vielleicht gebe es sie ausschließlich in Australien? (Er erkannte an ihrem Akzent, dass sie einige Zeit in den Kolonien verbracht hatte.) An der Stelle begannen meiner Mutter die Lippen zu zittern, und als der Abteilungsleiter in dem Versuch, sie zu besänftigen, ihr eine Flasche Pears' Lavendelwasser verkaufen wollte, stieß sie ein merkwürdig ersticktes Geräusch aus und lief aus dem Geschäft. In Australien hatte ich bei ihr nie so ein kindisches Verhalten gesehen; es war einer der ersten Vorfälle, die ich als Beweis nahm, dass wir nie den Ozean hätten überqueren sollen.

Doch diese Entscheidung, dessen war ich mir allzu schmerzlich bewusst, hatte nicht ich zu treffen oder rückgängig zu machen. Indem sie mir von ihrer Entführung durch Miss Sugar erzählte, hatte meine Mutter mich daran erinnert, dass Kinder dem Willen der Erwachsenen ausgeliefert sind und sich nicht aussuchen können, wo sie leben oder wohin sie gehen können. Wie klug sie war, sich mir gegenüber so zu öffnen! Ob das aus freien Stücken geschehen war? Sie weckte in mir den Glauben, mein Kummeranfall habe sie dazu getrieben, ihre geheimsten Erinnerungen zu enthüllen, Erinnerungen, die zu persönlich waren, um sie mit jedem anderen außer mir, Papa und Tante Primrose zu teilen. Ich kam mir so besonders vor! – noch als sie mir sagte, dass meine Wünsche nicht zählten. Wie verletzlich sie wirkte, als sie sich an ihre kindliche Verwirrung darüber erinnerte, wie ihr Leben auf den Kopf gestellt wurde. Es genügte, dass ich darüber vergaß, dass sie keine Gnade gezeigt hatte, über meine eigene hinwegzugehen.

Egal. Sinnlos, ihr das jetzt noch vorzuwerfen, oder? Wir wanderten aus, und damit hatte es sich. Die Kolonien gingen ihren Weg und wir den unseren, und ich bin, im Guten wie im Schlechten, Engländer geworden. Der Letzte der Herren alter Schule, wie die Schwestern mich hier nennen! Und natürlich habe ich mit der Zeit gelernt, dass meine Mutter Recht hatte. Das Leben widersetzt sich unserem Vorsatz, rational zu sein; es lockt uns und führt uns in die Irre, bis wir uns zu törichten Dingen verleiten lassen. Ich weiß es. O Gott, ich weiß es.

Aber Sie wollen ja nichts von meinem Leben hören. Sondern etwas von dem Marsch. Dazu komme ich noch, wirklich. Ich gebe Ihnen mein feierliches Versprechen, nicht zu sterben, bis ich meine Geschichte erzählt habe. Ich verstehe durchaus, wie es einen verrückt macht, nur so und so weit zu kommen und nicht zu wissen, was als Nächstes geschieht. Das werde ich Ihnen nicht antun!

Zunächst wäre zu sagen, dass ich als Siebenjähriger nur ganz verschwommene Vorstellungen von all dem hatte. Meine Eltern hatten den Marsch und seine Bedeutung über Monate hin diskutiert, meistens aber unter sich, daher benutzten sie ganz ungeniert Wörter wie »Wahlrecht«, »Ermächtigung«, »Asquith«, »progressiv« und »Suffrage«, wohingegen ich Wörter wie »spielen«, »essen«, »Toffee-Apfel« und »Kuss« bevorzugte. »Suffrage« hielt ich für etwas, was Menschen erlebten, wenn ihnen übel wurde oder wenn ein Pferd sie trat.

Von »Marschieren« nahm ich an, dass nur Soldaten es taten. Doch Mama und Tante Primrose zählten die Tage bis zum 21. Juni, an dem sie ihren Dienst verrichten sollten. Ich überlegte, wie sie wohl in ihren langen Röcken die großen Schritte hinkriegten und ob Mama auf dem Kopfsteinpflaster stolperte. (Sie war kleiner als Tante Primrose, und ihre Stiefel hatten einen ganz schön hohen Absatz.)

Mein Vater war ein integraler Bestandteil der Vorbereitungen auf dieses bedeutsame Ereignis. Er hatte den Damen geholfen, ein Spruchband zu malen – die einzige künstlerische Gemeinschaftsarbeit, die er, glaube ich, jemals gemacht hat –, was zu dem Ergebnis führte, dass Mama die Haare voller grüner Farbe hatte. Das Spruchband wurde aber sehr hübsch. *WAHLRECHT FÜR FRAUEN* stand darauf, in Grün, Weiß und Violett, den Farben der Women's Social and Political Union. Grün stand für Hoffnung, Weiß für Reinheit und Violett für Würde. Zu beiden Seiten des Textes hatte mein Vater eine statuenhafte Frau in einem langen, fließenden Gewand mit einem Helm auf dem Kopf und einer Trompete in der Hand gemalt. Jetzt fällt mir auf, dass diese beiden Amazonen wohl die einzigen Frauengestalten gewesen sein dürften, die, abgesehen von den Damen in seinen Auftragsporträts, bekleidet in das Werk meines Vaters Eingang fanden.

Eigentlich gab es in jenem Juni zwei Märsche im Abstand von einer Woche. Der erste wurde von der National Union of Women's Suffrage Societies organisiert, und an dem nahm meine Familie, soweit ich weiß, nicht teil. Aus Geschichtsbüchern habe ich seither erfahren, dass die NUWSS artige, verfassungskonforme, gesetzestreue Mittel zur Veränderung bevorzugte. Das war nun nicht gerade der Stil meiner Eltern, wie ich zugeben muss. Der Marsch vom 21. Juni wurde von der Women's Social and Political Union organisiert, eine weit militantere Gruppe. Das waren die, die auch das Groschenblatt herausgaben, das meine Mutter auf der Straße verkaufte. Und auch die mit den tollen Farben (die andere Gruppe hatte Rot und Weiß, was mein Vater als grobe Kombination verwarf). Und auch die, die politische Versammlungen der Männer sprengten, die verhaftet und ins Gefängnis gesteckt wurden. Sensationell! In unserem Haus waren Emmeline, Christabel, Sylvia und Adela Pankhurst Heldinnen, die auf einer Stufe mit Herkules standen. Nicht dass Herkules eine Frau war, aber Sie wissen, was ich meine.

Der Marsch wäre für mich schon aufregend genug gewesen, wenn man mir nur davon erzählt und ich das schöne Spruchband gesehen hätte, das Mama und Papa zusammen gemacht hatten. Aber ich sollte tatsächlich selbst daran teilnehmen. Ich sollte dabei sein, im Hyde Park! Ich sollte mit meinem Vater und meiner Mutter und Tante Primrose marschieren, und der Premierminister sollte hinter den Vorhängen in seinem Palast hervorlugen und vor Angst zittern, und dann würde das Gesetz geändert werden. Das war alles ganz furchtbar spannend; meine einzige Sorge war, wie ich mit den körperlichen Anforderungen des Marsches zurechtkommen sollte, da meine Beine ja ein ganzes Stück kürzer als die der Erwachsenen waren.

Was für ein Glück also, dass meine neue Schule mein Training in die Hand nahm. Die Torrington Infants war sich der bevorstehenden Herausforderung eindeutig bewusst und entschlossen, dafür zu sorgen, dass ihre Kinder ihr auch gewachsen waren. Einige Wochen vor dem großen Tag wurde in unseren Lehrplan ein strenges, energisches Übungsprogramm aufgenommen, damit wir eine kräftige Lunge und ausdauernde Glieder bekamen. Eine Glocke ertönte, worauf wir Jungen in unserer Uniform aus grauer Kappe, grauer, bis zum Hals zugeknöpfter Kammgarnjacke, grauen Knickerbockern, schwarzen Kniestrümpfen und schwarzen Schuhen aus dem Klassenzimmer geführt wurden. Zweimal ging es im Gleichschritt um das Schulgebäude, im Takt der Schreie unseres Lehrers: »Links, rechts, links, rechts«. Dann versammelten wir uns, fröstelnd in der Frische eines englischen Sommermorgens, auf dem Hof, und unser Lehrer brachte uns bei, wie man gegen die Luft kämpft. Wir schleuderten Arme und Beine herum, hoben die Knie an die Brust, pirouettierten, salutierten mit unseren tintenverschmierten kleinen Händen vor der blassen Sonne. Halbherzige Bewegungen waren nicht gestattet; wer keine markige Haltung einnahm, wurde sofort angeblafft.

Ich konnte es ganz gut, aber die Schulkameraden, die es nicht so beherrschten, taten mir leid – insbesondere ein armer Junge namens Jerome, der einen Klumpfuß hatte, den er immer mühselig anheben musste, und ein anderer Junge, dessen Namen ich vergessen habe, dem Rotz und Blut aus der Nase liefen, wenn er sich bückte, um die Zehen zu berühren. Ich habe einige wahrhaft historische Ereignisse in meinem Leben miterlebt – die Große Sturmflut von 1928 beispielsweise, oder die ersten Olympischen Spiele nach Hitler 1948 im Wembley – und kann mich kaum an sie erinnern, aber bis ans Ende meiner Tage werde ich eine detaillierte Erinnerung an die Socken dieses armen Kerls haben, wenn er sich jeden Morgen an sein Pult setzte: ausgeleiert, pelzig, verformt, rosa-grau, weil seine Mutter Nacht für Nacht versucht hatte, das Blut aus der Wolle zu waschen.

Und dennoch, sosehr ich diesen armen Burschen auch bemitleidete, war ich doch dankbar, dass meine Kondition für ihre Berufung am 21. Juni gesteigert wurde. Dankbar jedenfalls für zwei Wochen. So wie die Vorstellung, dass meine Mutter und mein Vater jeweils meine obere und untere Hälfte geschaffen hatten, war auch meine Überzeugung, die Torrington Infant School wolle mir dabei helfen, mit den Suffragetten zu marschieren, von kurzer Dauer. Und diesmal klärte mich nicht meine Mutter über meinen Fehler auf, sondern mein Vater. Ich erwähnte meine Teilnahme am Sportunterricht und versicherte ihm, ich sei zuversichtlich, am Tag der Abrechnung Schritt halten zu können. Er lachte. Er sagte mir, das Sportprogramm an meiner Schule gebe es nur, weil die britische Armee in einem Krieg gegen die Fuhren (so jedenfalls verstand ich ihn) schlecht ausgesehen habe und es nun die verbreitete Furcht gebe, die Jugend der Nation sei mickrig und schwächlich. An den Schulen im ganzen Land, sagte er, würden Kinder wie ich zu kleinen Bataillonen eingeteilt, damit sie lernten, wie man in den Krieg marschiert und im Nahkampf gegen künftige Feinde besteht.

»Gegen wen muss ich kämpfen, Papa?«, fragte ich.

Er lächelte, legte mir die Hand auf den Kopf und ruckelte ihn mir liebevoll.

»Deine Mama und ich werden dafür sorgen, dass du

gegen gar niemanden kämpfen musst, Henry. Wir sind auf Flucht spezialisiert.«

»Aber wer wird denn der Feind sein?«, beharrte ich. »Gibt es bald Krieg?« Mit Kriegen kannte ich mich aus; ich hatte Gemälde davon mit meinem Papa in Kunstgalerien gesehen, riesige Bilder mit Schwerter schwingenden Italienern und Streitwagen und Zirkustieren und verwundeten Pferden und brennenden Festungen, alle, wie es schien, mit neun Schichten Möbelpolitur lackiert.

Mein Vater lachte. »Der ist schon da!«, sagte er. »Der Krieg zwischen den Reichen und den Armen, der Krieg zwischen Arbeitgebern und Arbeitern ... Ja, und nicht zu vergessen, der Krieg zwischen Männern und Frauen!«

So sehr es mir gefiel, dass mein Vater lachte, irritierte mich doch seine letzte Bemerkung.

»Du kämpfst aber nie gegen Mama, oder, Papa?«

Wieder lachte er.

»Deine Mama und ich stehen auf derselben Seite, Henry. Immer auf derselben Seite. Merk dir das.«

Ich merkte es mir.

Und nun, wie versprochen, der Tag des Marschs ... Der Tag des Marschs ... Also, das war so ein bisschen wie die Olympiade von 1948. Man spürt eine gewaltige Verantwortung, sich an jedes Detail zu erinnern, weil man ja dabei war und es ein zentrales Ereignis der Geschichte war. Für mich dagegen war der Marsch nur eines von vielen zentralen Ereignissen in der Geschichte unserer Familie – in der Geschichte von meiner Mutter und mir. Ach, keine Bange: Ich erinnere mich schon an eine beachtliche Menge. Ich werde nicht plötzlich behaupten, der ganze Tag sei eine Leerstelle. Aber etwas ist doch verloren gegangen.

Zum Beispiel, was ich anhatte. Komisch. Ich habe vor meinem inneren Auge noch immer ein Nachbild von den Strümpfen, die ich schon erwähnt habe, den Strümpfen dieses armen Kerls, dem ständig die Nase blutete, aber wenn ich versuche, mir vorzustellen, was meine Mama mir zu diesem ganz besonderen Anlass anzog, fällt mir nichts ein. Meine Schulsachen? Meine Sonntagskleider? Ich erinnere mich nicht einmal, ob ich so etwas überhaupt *hatte*. Meine Familie ging, trotz Mamas sentimentaler Anhänglichkeit gegenüber Onkel Henrys Bibel, nicht in die Kirche. Ja, Sonntag, der 21. Juni 1908, war vermutlich das erste Mal, dass wir als Familie jemals einer feierlichen Zeremonie beiwohnten, und wir gingen in die Church of Female Suffrage.

Mama trug wie immer ihren langen schwarzen Futtersackmantel und ihren unförmigen Klavierhockerhut. Tante Primrose war in den Farben der WSPU ausstaffiert: Rock und Bluse schneeweiß, Jackett violett mit weißen Knöpfen und grünen Manschetten, grüner Hut mit einem Lavendelzweig darauf. Sogar einen violetten Schirm hatte sie sich gekauft, aber den ließ sie zu Hause, weil das Wetter an jenem Morgen wolkenlos und strahlend schön war. Mein Vater trug seinen üblichen Straßenanzug, dazu noch ein Halstuch, das grün sein mochte oder auch nicht. Ich bin froh, dass er nicht weiß, grün und violett trug; das wäre unmännlich gewesen. Er trug das aufgerollte Spruchband und die zwei langen Stangen, an die es genäht war, unterm Arm. Das dürfte ganz schön schwer gewesen sein, doch sein Gesicht verriet keine Anstrengung.

Wir gingen vor zur Gray's Inn Road, wo wir zu meiner Überraschung und Freude von einem Festwagen mit Suffragetten darauf abgeholt wurden. Der Wagen wurde von zwei Pferden mit buntem Kopfputz gezogen, an den Zügeln saß eine Frau (sensationell!), und es waren schon ungefähr ein Dutzend Frauen an Bord. An allen Seiten hingen Fahnen und Wimpel mit VOTES FOR WOMEN darauf und flatterten im Wind. Die Frauen lächelten und waren aufgeregt und schnatterten miteinander. Eine langte von ihrem Sitz herab und half mir hinauf. Es ging los.

Vielleicht hätte ich über unsere reibungslos abgestimmte Beförderung gar nicht überrascht sein sollen. Die Demonstration war, wie ich später erfuhr, ein Triumph der Planung, eine ungemein präzise organisierte Kampagne von militärischen Ausmaßen. Für die Werbung waren tausend Pfund ausgegeben worden, damals eine Riesensumme. Es dürfte in Großbritannien kaum eine Frau gegeben haben, die nicht informiert war, wann, wo und wie sie teilnehmen konnte. Dreißig Sonderzüge hatten Demonstrantinnen aus allen Landesteilen herangebracht. Sieben getrennte Prozessionen schlängelten sich über die Londoner Verkehrsadern zum Hyde Park. Unser kleiner Suffragettenwagen war Teil einer 30 000 Menschen starken Armee.

Natürlich kamen noch weit mehr zum Zuschauen. Und zwar über eine Viertelmillion. Auf unserem Weg in die Stadt gingen mir von den schieren Menschenmassen die Augen über. Sie standen dicht an dicht auf dem Pflaster, drängten sich auf Balkonen, sahen aus Fenstern heraus, standen auf Dächern, klammerten sich an Laternenpfähle, tauchten aus Plakaten auf mit der Aufschrift

Bergab, bergauf – wir geben nie auf und *Colman's Mustard*. Obwohl ich auf einem Wagen war und nicht Gefahr lief, erdrückt zu werden, wich ich instinktiv zurück. Meine Mutter – ich nehme an, es war meine Mutter, vielleicht war es auch eine der anderen Frauen – legte mir von hinten die Arme um die Brust und umklammerte mich. Die Frau neben mir stellte sich vor, schreiend, um sich durch das Stimmengewirr der Menge und das Getöse der Blaskapelle, die vor uns marschierte, Gehör zu verschaffen. Sie sagte, sie heiße Emily. Heute frage ich mich: Kann das Emily Wilding Davison gewesen sein, die fünf Jahre später zur ersten Märtyrerin der Suffragetten wurde, als sie von den Hufen des königlichen Pferdes niedergetrampelt wurde? Wenn ja, dann wirkte sie an jenem Sonntagvormittag erstaunlich fröhlich auf mich.

»Das«, sagte sie und zeigte mit ihrer weiß behandschuhten Hand auf die Massen, »können sie nicht zerreißen und in den Papierkorb werfen.« Ich wusste nicht, was sie damit meinte, aber ihre Zuversicht war ansteckend. Ich lächelte und nickte, und sie tätschelte mir innig das Knie.

An den Augenblick, als wir uns von Emily und den anderen Frauen auf dem Wagen trennten, erinnere ich mich nicht mehr. Als Nächstes sehe ich vor mir, wie ich mit meinen Eltern inmitten eines riesigen Menschenmeeres marschierte. Ich hätte mir keine Sorgen zu machen brauchen, nicht Schritt halten zu können: Wir bewegten uns sehr langsam voran, viel langsamer, als ich an der Torrington Infants marschieren musste. Eigentlich bummelten wir eher, nur dass die Musik der Blaskapellen und der donnernde Lärm der Menge mir in Erinnerung riefen, dass dies ein ungeheuer wichtiger

Anlass war. Welche Route nahmen wir zum Hyde Park? Ich habe nicht den leisesten Schimmer. Ich war einen Meter groß. Um mich herum waren Tausende von Erwachsenenkörpern. Mama und Papa gingen langsam im Gleichschritt, beide eine Stange aufrecht vor der Brust, und das VOTES FOR WOMEN-Spruchband spannte sich in der Luft zwischen ihnen. Ich platzte vor Stolz. Jedenfalls eine Weile lang. Dann platzte fast meine Blase. Anscheinend musste sonst niemand, und die Massen marschierten weiter und zogen mich mit.

Nichts ruiniert das Gefühl, an einem historischen Ereignis teilzunehmen, so sehr wie eine volle Blase. Jesus Christus könnte Arm in Arm mit Helena vom Himmel herabsteigen, und trotzdem würde man sich nach einem Klo umsehen. Ich weiß noch, wie ich zu den Gesichtern meiner Eltern hinaufblickte und hoffte, ihre Aufmerksamkeit zu erregen, doch es war sinnlos. Mama, Papa und Tante Primrose waren so aufrecht, wie sie nur konnten, strahlend vor Überzeugung, den Blick in die Zukunft gerichtet. So als wären sie bereit, tagelang am Stück zu marschieren und nicht zu ermatten, bis sie alles erreicht hatten, was zu erreichen war. Als wollten sie den Premierminister in seinem Versteck aufstöbern und ihn Schritt für Schritt durch London hetzen, bis er schließlich rückwärts in die Themse stürzte. Ich bekam immer mehr Angst. Dann teilte sich die Menge auf einmal ein wenig, und ich dachte schon, wir würden auf eine freie Fläche entkommen. Doch dann marschierte eine weitere Prozession heran: Eine mächtige Horde Frauen mit sehr großen Hüten, vorrückend.

Schließlich fand ich den Mut, meine Mutter am Mantel zu zupfen und ihr zu sagen, ich müsse mich erleichtern. Sie musste sich tief herabbeugen, um mich zu hören, und als sie das Ohr an meinen Mund hielt, neigte sich das Transparent. Sie nickte. Sie gab ihre Stange an Tante Primrose weiter, die sie ohne zu zögern ergriff. Primrose und Papa fielen in Gleichschritt, und meine Mutter und ich drückten uns durch die Menge, schwammen im rechten Winkel zum Strom.

Mit jeder Sekunde wuchs meine Überzeugung, dass ich verdammt war, mir in die Hose zu machen. Selbst angenommen, wir würden eine öffentliche Toilette finden, würde davor bestimmt eine Schlange von mehreren hundert Menschen stehen. Doch das hatte meine Mutter bedacht. Sie erkor den nächsten Busch, an den wir kamen (offenkundig waren wir inzwischen zum Hyde Park gelangt), zu meinem Pissoir.

»Ich schirme dich ab«, sagte sie und drehte mir den Rücken zu, öffnete weit den Mantel und wedelte ihn mit den Händen, als wollte sie sich in der brodelnden Hitze Luft zufächeln. Ich verlor keine Zeit. Binnen Sekunden tropften die Blätter des Buschs von meinem Pipi. Ich tippte Mama auf den Rücken, um ihr zu bedeuten, dass ich wieder einsatzbereit sei. Sie sagte:

»Jetzt schirmst *du mich* ab.«

Wir tauschten die Plätze. Was dann geschah, konnte ich nicht sehen, da ich ja mit dem Rücken zu ihr stand. Unablässig eilten Menschen vorbei: Männer mit Tuchmützen, Männer mit Melonen, Männer mit Kreissägen, Frauen in WSPU-Farben, sogar ein Polizistenpaar, das mir, obwohl gut zehn Meter entfernt, einen eisigen Schrecken einjagte. Doch niemand schaute zu uns her, und es dauerte nicht lange, bis ich die warme Hand meiner Mutter auf der Schulter spürte.

Papa und Tante Primrose zu finden war nicht einfach. Die wimmelnde Masse war weitergezogen. Wir rannten, um sie einzuholen, verkeilten uns aber in ein Getümmel aus Männern und Frauen, die eine hitzige politische Diskussion führten. Die Männer hatten, glaube ich, getrunken, obwohl Sonntag war. Eine hübsche junge Dame, sehr weiß im Gesicht, ihre VOTES FOR WOMEN-Schärpe fest in einer Faust, balancierte gewagt auf einem Klappstuhl.

»Machen Sie doch (bla bla bla)«, schnauzte einer der Männer. (Ich verstand nicht genau, was er ihr riet.)

»Weil eine Veränderung in diesem Land so noch nie zustande gekommen ist, Sir«, entgegnete die weißgesichtige Dame. »Die Frauen werden ihr Wahlrecht auf dieselbe Art bekommen, wie Wilhelm der Eroberer England bekam oder Heinrich der Achte seine Frauen – indem sie den Widerstand zermalmen.«

Ein anderer lachte. »Mich können Sie jederzeit zermalmen, Miss!«

Die Wangen der Dame färbten sich von Weiß zu Karmesinrot. Sie sagte etwas, doch ihre Stimme hatte an Kraft verloren, und ich konnte sie nicht hören.

»Sie werden Asquiths Haltung nicht ändern, indem Sie in einem Park krakeelen!«, brüllte ein anderer. »Aber wenn Sie mit ihm ins Bett …!«

Die Dame biss sich auf die Lippe und sah sich Hilfe suchend nach ihren Freundinnen um. Eine untersetzte Frau mit ernstem Gesicht wedelte mit der Hand nach den Peinigern und rief: »Genau dieses degenerierte Benehmen wird hinweggefegt, wenn Frauen im Parlament sind!«

»Humbug!«, brüllte einer.

»Prostituierte!«, brüllte ein anderer. »Ihr seid alle Huren!«

Meine Mutter packte mich an der Hand, und wir rannten los, in eine andere Richtung als die, in die wir vorher gestrebt waren. Ich nahm an, dass sie einen großen Umweg machen wollte, weil sie dachte, die Menge sei in der Mitte zu dicht. Doch als ich einmal zu ihr hinaufblickte, sah ich, dass ihr Gesicht eine bemerkenswerte Veränderung durchlaufen hatte. Die glühende Erregung war verschwunden, sie war nun blass und verwirrt. Ihr Blick hatte sein zielgerichtetes Leuchten verloren und irrte verzweifelt über die Köpfe der Menge. *Ohne Papa ist sie verloren*, dachte ich.

Plötzlich blieb sie stehen, ihr Griff um meine Hand war beinahe schmerzhaft.

»Zu viele Leute«, sagte sie – ob zu mir oder zu sich selbst, weiß ich nicht. »Ich will nach Hause.« Und sie drehte auf dem Absatz um und zog mich mit.

»Und was ist mit Papa?«, schrie ich.

»Mach dir um den keine Sorgen«, sagte sie, während sie voranschritt. »Er ist in seinem Element – von Frauen umgeben. Er ist der Held des Marschs.«

»Und was ist mit Tante Primrose?«

»Die hat deinen Vater dabei.«

»Alle werden denken, sie ist Mrs. Papa.«

»Davon geht die Welt nicht unter.«

Mama ging furchtbar schnell. Ich musste rennen, um mit ihr Schritt zu halten. Ich hatte erwartet, mir vom Marschieren die Füße aufzuscheuern, aber nicht, vom Laufen außer Atem zu geraten. Wir drängten uns durch den Ausgang und gelangten auf eine verkehrsreiche Straße, es muss wohl die Bayswater Road gewesen sein.

Fast auf der Stelle winkte meine Mutter ein Taxi heran. Erst Jahrzehnte später wurde mir bewusst, was für ein großes Wunder das war. Mama schien es wie aus dem Nichts herzurufen, vielmehr, es kam wie als Antwort auf ihre Verzweiflung, so als hätte der Kutscher – oder sein Pferd – gespürt, wie sehr sie sich nach Rettung sehnte, und sich beeilt, ihr gefällig zu sein. Doch als Mama ihm sagte, sie wolle in die Calthorpe Street, Bloomsbury, zuckte er zusammen, als hätte sie ihm mit einer Nadel in die Schulter gestochen. Bloomsbury lag auf der anderen Seite der protestierenden Scharen. Eine Drittelmillion Menschen musste durchquert werden.

»Ma'am, würden Sie nich' lieber woandershin wollen?«, sagte der Kutscher und bemühte seinen Charme bei dieser Frau, die sich so oft selbst auf ihren Charme verließ. »Leichter wär' Amerika. Oder North Kensington.«

Meine Mutter zögerte. Sie legte den Kopf zurück und schloss fest die Augen, und ich sah, dass sie ganz genauso müde war wie ich. Dann sagte sie:

»Bringen Sie mich zur Notting Hill Gate.«

»Ein Klacks, Ma'am. Ne bestimmte Adresse?«

»Ich ... ich bin mir nicht ganz sicher«, sagte sie. »Eines der Häuser in Chepstow Villas.«

»Wie's beliebt, Ma'am.«

Es gibt so vieles, wonach ein Kind nicht fragt – selbst eines, das seiner Mutter ungewöhnlich nahe ist. In unserem gemeinsamen Leben habe ich meine Mutter wohl hunderttausend Dinge gefragt: Wohin geht der Mond, wenn die Sonne scheint; träumen Spinnen; was passiert mit der Musik, wenn sie einem in die Ohren gegangen ist; woraus besteht Wasser; erinnern sich Kameras an das, was sie gesehen haben; wie bestimmt die Tide, wann sie hereinkommt; warum ist Geld Geld wert; wozu gibt es Seelen, wenn es keinen Gott gibt. Aber nie habe ich sie gefragt, warum sie an jenem Sonntagnachmittag nach Chepstow Villas wollte, mit mir im Schlepp, wo sie doch auch allein, unbeobachtet hätte hin können, an einem Tag, an dem ihr nicht die Füße wehtaten und sie erschöpft war. Damals nahm ich an, sie hoffte, eine Freundin zu besuchen.

Während wir von Kensington nach Notting Hill trabten, wurde meine Mutter immer aufgeregter. Sie spähte aus dem Fenster, drehte den Kopf abrupt nach rechts oder links, so als würden Gegenstände schnell vorbeihuschen, obwohl sich die Fahrzeuge und Fußgänger um uns herum doch in gemächlichem Tempo bewegten.

»Was ist das hier?«, rief sie dem Kutscher zu.

»Pembridge Road, Ma'am«, antwortete er.

»Pembridge Villas?«, rief sie.

»Das heißt heute Pembridge Road, Madam.«

Aus irgendeinem Grund schien das meine Mutter besser zu stimmen.

»Wahrscheinlich hat sich in den letzten dreißig Jahren alles so sehr verändert, dass man es nicht mehr wiedererkennt!«, bemerkte sie.

»O nein, Madam«, versetzte der Kutscher. »Das ist mehr oder weniger gleich geblieben. Bei den Töpfereien, da stehen jetzt mehr Häuser, aber die Straßen hier, die ändern sich nie.«

Das machte meine Mutter wieder stutzig. Erneut starrte sie zum Fenster hinaus und fuhr mit dem Kopf hin und her. Ihre Hände packten ihre Knie durch den

Kleiderstoff hindurch. Für mich waren die Häuser, an denen wir vorbeifuhren, seriöse, ehrbare Gebäude, größer und blasser als die in Bloomsbury, aber typisch für die gesetzte Solidität der Gebäude im Mutterland. Meiner Mutter erschienen sie eher wie verspielte Phantome, die sich hintereinanderduckten, immer rundherum um unsere Droschke liefen.

»Chepstow Villas, Madam«, verkündete der Kutscher.

»Schon?«, sagte Mama. Sie blinzelte blöde wie Freddy Harris, wenn der Lehrer sagte, er solle eine einfache Rechenaufgabe machen. Ich ärgerte mich zunehmend über sie. Die Fahrt hatte für meinen Geschmack durchaus lange genug gedauert. Ich wollte auf ein Sofa sinken und warmen Kakao und einen Keks vorgesetzt bekommen.

Wir wurden beide auf der Straße abgesetzt. Meine Mutter entließ den Droschkenkutscher mit einem würdevollen Nicken, doch kaum hatte er das Gesicht von ihr gewandt, kehrte der besorgte Blick wieder. Sie hatte offensichtlich keine Ahnung, wo sie war.

»Ich bin müde, Mama«, sagte ich.

Sie gab keine Antwort, obwohl ich wusste, dass sie mich gehört hatte. Wir setzten uns auf dem Bürgersteig in Bewegung. Es war kaum jemand zu sehen. Es war ja auch Sonntagnachmittag. Ultra-ehrbare Menschen waren jetzt zu Hause und lasen die Bibel, waren beim Nachmittagsgottesdienst oder gärtnerten heimlich. Alle anderen waren wahrscheinlich im Zentrum und gafften, um einen Blick auf die Suffragetten auf ihren Fastnachtswagen zu erhaschen.

Mama sah sich das schmiedeeiserne Tor eines jeden Anwesens in der Chepstow Villas genau an. Sie gelangte ans Ende der Straße, ohne gefunden zu haben, was sie suchte, und ging, noch langsamer, auf der anderen Straßenseite zurück, wobei sie manche Tore richtiggehend mit den Fingerspitzen berührte.

»Ja, ja«, murmelte sie, wie sie so dahintrödelte. »Jetzt sehe ich …«

Sie blieb stehen, drehte sich abrupt um und verbeugte sich leicht wie eine Tänzerin, die eine förmliche Bewegung in einem Ballsaal vollführt.

»Das Haus«, sagte sie. »Komm mit.«

Wir näherten uns einer Fassade, die sich von ihren Nachbarn durch nichts unterschied, schwangen ein kleines, neu wirkendes Tor auf und präsentierten uns an der Haustür. Meine Mutter klingelte. Nach einer langen Weile öffnete eine gut gekleidete Frau mittleren Alters – ganz eindeutig keine Bedienstete – die Tür und musterte meine Mutter von oben bis unten.

»Ich habe mit Ihresgleichen nichts zu schaffen«, sagte sie. »Sie sind unnatürlich.«

Und sie schlug Mama die Tür vor der Nase zu. Mama drehte sich völlig verblüfft um.

»Ist schon gut«, murmelte sie, vornehmlich bei sich selbst. »Es war sowieso nicht das Richtige. Ich konnte hinter sie sehen, die Form der Treppe … Es war ganz falsch.«

Einige Augenblicke stand sie gedankenverloren da. Sie kaute auf der Unterlippe. Vermutlich überlegte sie, warum die Frau sie so selbstgewiss *unnatürlich* genannt hatte. Auf einmal fiel ihr die Antwort ein. Sie fummelte an ihrer VOTES FOR WOMEN-Schärpe, die sie ostentativ quer über den Leib geschlungen hatte, und machte sie ab. Sie rollte sie auf und reichte sie mir.

»Halt das mal«, sagte sie.

Wir zogen weiter zum nächsten Haus. Meine Mutter klingelte. Keine Antwort. Sie klingelte erneut. Wieder nichts.

»Vielleicht sind die Leute auf dem Marsch«, sagte ich.

»Vielleicht«, sagte meine Mutter. Sie ging mit dem Gesicht nahe an einen Buntglaseinsatz in der Tür und versuchte hindurchzuspähen, was mir schrecklich peinlich war. Da konnte man ja denken, sie sei eine Verbrecherin.

»Ich glaube, das ist es auch nicht«, murmelte sie. »Es ist zu klein.«

Wir zogen weiter zum nächsten Haus. Meine Mutter blieb stehen und betrachtete es lange Zeit vom Weg aus, bis sie hinging. Sie wandte sich davon ab, schritt, die Augen halb geschlossen, zum Bordstein und drehte sich wieder um, als wäre sie jetzt erst angekommen. Sie neigte den Kopf erst nach links, bis das Ohr beinahe den Mantelkragen berührte, dann nach rechts, genauso weit. Sie wackelte mit dem Finger in der Luft zwischen uns, und weil sie sich so merkwürdig benahm, dauerte es einen Augenblick, bis mir klar wurde, dass sie mir bedeutete, sie an der Hand zu fassen.

»Das ist es«, sagte sie. »Glaube ich. Ich bin mir fast sicher. Sie haben die Tür erneuert, mehr nicht. Immer wird etwas erneuert.«

Wir gingen zur Tür, und Mama klingelte. Ein kahlköpfiger Mann mit leuchtend blauen Augen öffnete fast unmittelbar darauf. Er hatte ein freundliches Gesicht. Aber offensichtlich war es nicht das, was meine Mutter zu sehen gehofft hatte. Sie reckte den Hals, um an dem

Mann vorbeizublicken, um tiefer ins Haus zu sehen. Ich wurde rot und wünschte, ich wäre kräftig genug, um Mama am Handgelenk zu packen und sie wegzuziehen.

»Entschuldigen Sie«, sagte sie. »Ist das das Haus von …« (sie senkte die Stimme und murmelte einen Namen).

»Wie bitte, Madam?«

Sie beugte sich näher zu ihm und wiederholte sich. Man hätte meinen können, sie küsse ihn.

Er lächelte und schüttelte den Kopf. »Hier wohnt niemand dieses Namens, Madam.«

Meine Mutter spähte sehnsuchtsvoll über die Schultern des Kahlköpfigen. Ich schwöre es, sie machte mich ganz nervös vor Angst, sie könnte ihn an der Krawatte packen und versuchen, über seinen Körper hinwegzusteigen. Unwillkürlich reckte nun auch ich den Hals und erblickte einen Teil eines Kronleuchters sowie große Gemälde von Landszenen, die im Flur aufgehängt waren.

»Aber ich kenne dieses Haus«, sagte meine Mutter.

Der Kahlköpfige schüttelte den Kopf. »Hier wohnt jetzt Mr. De La Salle.«

»Das kann gar nicht sein«, sagte meine Mutter.

»Ich versichere Ihnen, es kann absolut sein«, sagte der Kahlköpfige. »Ich selbst bin Mr. De La Salle.«

»Aber bevor Sie …?«

»Vor mir, Madam, lebte hier eine Mrs. St. John, wenn ich mich recht erinnere.«

»Das kann gar nicht sein. Ich sehe doch die Tür zu Ihrem Wohnzimmer. Ich *kenne* diese Tür.«

»Bei allem Respekt, Madam, das ist nicht unser Wohnzimmer. Es ist unser Speisezimmer.«

»Es ist mir gleich, wofür Sie es benutzen!«, stieß meine Mutter hervor.

Der Kahlköpfige öffnete den Mund, um etwas zu sagen, brachte aber lediglich ein aufgebrachtes Geräusch zwischen einem Husten und einem Seufzen zustande. Mama hob die Hand, vielleicht ein wenig zu unvermittelt, worauf der Mann erschrak. Er trat flink zurück und schloss die Tür. Er knallte sie nicht gerade, doch das Klacken war entschieden.

Meine Mutter ging wacklig zum Gehweg zurück. Anscheinend bereitete es ihr Schwierigkeiten, auf den hohen Absätzen ihrer Stiefel im Gleichgewicht zu bleiben. Sie setzte sich am Bordstein hin, direkt vor die vorbeifahrenden Fahrzeuge. Ich wäre am liebsten durch die Pflastersteine in die Unterwelt versunken.

»Mama«, sagte ich zaghaft. »Wann gehen wir nach Haus?«

Meine Mutter stand nicht auf. Stattdessen heulte sie los wie ein Kleinkind. Sie heulte und schluchzte. Ihre Wangen wurden rot und dick, Tränen liefen ihr übers Gesicht und tropften ihr von der Kinnlade, und auf ihren Lippen schimmerte etwas Feuchtes, das eine bestürzende Ähnlichkeit mit Rotz hatte. Sie war fürchterlich laut. Ich stand hilflos daneben, ihre VOTES FOR WOMEN-Schärpe in der Hand. Mama von dem Weg aufzuheben überstieg meine Muskelkraft bei weitem; allein schon die Kleider anzuheben, ohne die Frau darin, wäre schwierig genug gewesen. Ich schaute mich um, einerseits in der Hoffnung, es sei kein Mensch in der Nähe, der den Kummeranfall meiner Mutter sähe, andererseits, mitfühlende Londoner würden herbeieilen, um ihr zu helfen. In einiger Entfernung sah ich eine alte

Dame mit Dackel, die sich rasch in die entgegengesetzte Richtung entfernte. Ich sah, wie hinter einem der Fenster der Chepstow Villas ein Vorhang zugezogen wurde. Meine Mutter heulte weiter.

Doch erneut kam Rettung wie durch ein Wunder. Eine Droschke fuhr heran. Keine Pferdedroschke, sondern eine motorisierte. Mit anderen Worten, ein Automobil. Zu jener Zeit gab es schon einige (auch Felicity Brown war in so einem bei uns vorgefahren), doch sie gehörten Leuten, für die Pannen einfach dazugehörten und die es nicht eilig hatten, an ihr Ziel zu kommen. Als ernsthafte Beförderungsmittel waren Pferdedroschken noch die Norm. Hier aber kam eine funkelnd neue, erbsengrüne Motordroschke, auf der »Taxi DeLuxe Company of Kensington« prangte, dicht vor dem krampfartig zuckenden Körper meiner Mutter zu Stehen.

»Kann ich Ihnen helfen, Madam?«, rief der Fahrer.

»Weg hier«, rief meine Mutter.

»Eine hervorragende Idee, Madam«, versetzte der Fahrer gedankenschnell. »Wo möchten Sie denn hin?«

»Nirgends«, schrie meine Mutter.

»Mama«, rief ich dazwischen, »wir müssen nach Hause. Papa wird sich Sorgen machen. Und Tante Primrose auch.«

»Ganz recht, ganz recht«, sagte der Taxifahrer heiter. »Denken Sie doch nur an die arme alte Tante Primrose. Ist sicher schon ganz krank vor Sorgen.«

Meine Mutter lachte unwillentlich auf. Sie zog ein Taschentuch aus der Jacke und putzte sich die Nase.

»Bloomsbury«, sagte sie.

»*Ooo*-ha«, ächzte der Fahrer. »Da ist aber 'ne Herausforderung.«

Mamas Gesicht war mit einem Mal gefasst.

»Warum? Schafft Ihr Gefährt das nicht?«

Der Fahrer tätschelte stolz das Lenkrad. »Fünfzehn Pferdestärken, der Motor, Madam. Der bringt Sie bis ans Ende der Welt, mit genügend Sprit.«

»Bloomsbury genügt.«

»Ich nehme an, Sie wissen, heute hat's so eine Art Prozession gegeben, Madam?«

»Ja, das weiß ich«, sagte meine Mutter und rappelte sich hoch. Sie klopfte sich ihren scheußlichen Futtersackmantel ab. Der schwarze Stoff zeigte gnadenlos den Staub. Der Fahrer sprang von seinem Sitz und geleitete uns in die plüschig gepolsterte Kabine. Der Motor schnurrte und schickte ein sinnliches Summen durch Boden, Sitze, alles. Das Geruchsgemisch aus Leder, Neuheit und Motorenöl war wie ein exotisches Parfüm.

»Wir müssen einen großen Umweg machen«, sagte der Fahrer, als er sich wieder hinters Lenkrad geklemmt hatte. Ich hatte die Augen weit aufgerissen. An seinem Armaturenbrett waren Tasten und Knöpfe. In das Brett eingelassen war ein Instrument, das wie eine Uhr aussah. Sensationell.

»Das begrüße ich«, sagte Mama. Sie wirkte vollkommen wiederhergestellt. Ihre Augen hatten rote Ränder, aber ansonsten war sie die Frau, die sie für mich sein musste.

»Ich hab' vor, erst mal direkt nach Paddington zu fahren«, sagte der Taxifahrer, »dann Marylebone, Euston, und von da sausen wir nach Bloomsbury.«

»Wie Sie meinen«, seufzte meine Mutter und lehnte den Kopf gegen den Sitz.

Ein paar Minuten später setzte der Fahrer hinzu:

»Wo genau soll's denn hingehen?«

Keine Antwort von Mama. Sie atmete sanft und regelmäßig, ihre wolligen blonden Haare hingen ihr über die geschlossenen Augen.

»Welche Straße in Bloomsbury, Madam?«, drängte der Fahrer, nun ein wenig lauter.

Ich räusperte mich in der Hoffnung, Mama damit zu wecken. Dann sagte ich:

»Calthorpe Street.«

»Wie's beliebt, Sir«, sagte der Fahrer. Nie zuvor hatte man mich »Sir« genannt. Das machte mich stolzer, als ich es mir hätte vorstellen können. Von nun an wollte ich in der Torrington Infants erhobenen Hauptes gehen, komme, was da wolle.

Das ist es im Grunde, was ich zu erzählen habe. Der Rest des Tages ist verschwommen. Ich glaube, auf der langen Rückfahrt könnte ich eine Art Gespräch mit dem Fahrer über Dreizylindermotoren oder dergleichen geführt haben. Vielleicht bilde ich mir das auch nur ein. 1908 erscheint mir plötzlich sehr weit weg, und das ist es natürlich auch. Hier arbeiten Pflegerinnen, für die die Mondlandung in grauer Vorzeit liegt.

Vermutlich sind Mama und ich wohlbehalten zu Hause angekommen. Doch, bestimmt. Ich kann mich an kein tränenreiches Wiedersehen mit Papa und Tante Primrose erinnern. Wahrscheinlich waren sie noch im Hyde Park. Politische Reden dauern lange, länger, als ein Kind es sich vorstellen kann. Vermutlich aßen meine Mutter und ich etwas. Vielleicht gingen wir auch gleich ins Bett und schliefen eine Runde. Aber das ist alles Spekulation. Ich muss schrecklich müde gewesen sein. So wie jetzt.

Ja, es war ein außergewöhnlicher, ein großer Tag. Für mich wie auch für die Frauen der westlichen Welt. Natürlich brach wenige Jahre später der Erste Weltkrieg aus, und die Suffragetten verlangten nicht mehr alle das Wahlrecht, sondern setzten sich gegen die Hunnen ein. Sie änderten den Namen ihrer Zeitung in *Britannia*, und Mrs. Pankhurst sagte, keiner, der nicht reiner Engländer sei, solle bei der Regierung arbeiten dürfen. Meine Mutter und Tante Primrose hätten das bestimmt höchst anstößig gefunden, aber Gott sei Dank waren wir da schon aus London fortgezogen und meine Eltern zu beschäftigt damit, Geld zum Leben zu verdienen, um sich weiter Gedanken um Reden zu machen. Gott sei Dank war ich auch zu jung, um mich rekrutieren zu lassen, denn das hätte ich bestimmt getan, nur um zu beweisen, dass ich kein Muttersöhnchen war, und was wäre dann passiert? Ich hätte herausgefunden, dass die Menschen Suppenbeutel sind, so wie es meine Mama gesagt hatte, und dass die entsprechende Verwundung sie auf der ganzen Erde ausgießen kann.

Aber verzeihen Sie mir: Ich bin erschöpft, und die Pflegerinnen machen ein besorgtes Gesicht. Für so etwas habe ich einen Blick, tatterig, wie ich bin. Das Mädchen da, die ist mir die liebste. Morgens, wenn sie mich schick macht, quasseln wir einander voll; ich schwöre es, ich weiß mehr über sie als ihre Freunde. Und sie ist so lieb, ein kleiner Schatz. Und sie fasst einen so sanft an; so sanfte Hände! Nein, nein, ich sehe schon, was Sie denken. Sie lesen doch in *alles* Sex hinein, nicht? Bitte bedenken Sie, dass ich aus einer vergangenen Zeit stamme; da war Sex noch gar nicht erfunden. Denn wäre ich nur einen Tag früher geboren worden, wäre ich Viktorianer gewesen, oder? Und Sie wissen ja, wie diese Viktorianer waren.

Aber im Ernst, lieber Leser: Ich bin erschöpft. Da habe ich nur von früher erzählt, aber nie habe ich mich müder gefühlt; sobald diese kleinen Engel mich ins Bett stecken, bin ich ruck-zuck weg. Aber morgen ist auch noch ein Tag! Kommen Sie morgen wieder, dann erzähle ich Ihnen den Rest. Alles, was Sie noch wissen möchten, versprochen. Morgen.

Michel Faber
Hundertneunundneunzig Stufen

Roman. www.list-taschenbuch.de
ISBN 978-3-548-60708-5

Seit ihr Freund ums Leben kam, wird Siân von Alpträumen geplagt: Nacht für Nacht sieht sie einem schrecklichen Ende entgegen. Um sich abzulenken, schließt sich die junge Archäologin einer Ausgrabung in Whitby an. Dort begegnet sie Magnus, der ein Manuskript aus dem 18. Jahrhundert restauriert – ein Text, der auf unheimliche Weise mit Siâns Alpträumen zusammenhängt …

»Schön schaurig.« *Hamburger Morgenpost*

List Taschenbuch

L283

Joan Didion

Das Jahr magischen Denkens

www.list-taschenbuch.de
ISBN 978-3-548-60770-2

Die große amerikanische Schriftstellerin Joan Didion schreibt über die Trauer nach dem Tod ihres Ehemannes und über ihren Versuch, das Unfassbare begreiflich zu machen. Ein sehr offenes, sehr persönliches Buch, das zugleich von beeindruckender Allgemeingültigkeit ist. Joan Didion wurde dafür in den USA mit dem National Book Award ausgezeichnet.

»Es bricht uns das Herz.« *Frankfurter Allgemeine Zeitung*

»Eine Reflexion über Liebe und Ehe, Schicksal und Sinn, Glück und Verlust – und die Frage, wie wir Menschen mit der Tatsache fertigwerden, dass das Leben irgendwann aufhört.« *Der Spiegel*

»Jeder ihrer Sätze ist kostbar.« *Die Welt*

List Taschenbuch

L299

Anne Tyler
Im Krieg und in der Liebe

Roman. www.list-taschenbuch.de
ISBN 978-3-548-60604-0

Dass aus einer großen Liebe nicht notwendigerweise eine gute Ehe wird, müssen die impulsive Pauline und der stoische Michael auf schmerzliche Weise erfahren. Denn als sich die jungen Leute auf den ersten Blick ineinander verlieben, scheinen sie das ideale Paar zu sein. Doch sehr bald verkommt die Familienidylle zum Kleinkrieg, und aus einer Liebe erwächst ein Unglück, das auch das Schicksal der Kinder prägen wird …

»Große Schriftsteller wie John Updike, Jonathan Franzen und Nick Hornby haben immer gesagt: ›Anne Tyler gehört zum Besten, was wir an Erzählern gegenwärtig haben.‹« *Elke Heidenreich in Lesen!*

»Ein kluger Roman über das Schlachtfeld Beziehung« *Journal für die Frau*

»*Im Krieg und in der Liebe* ist glänzend erzählt und überhaupt kein trauriges Buch.« *Der Spiegel*

List Taschenbuch

L259